Nino Filastò

Pfeffer für Brunelleschi

EUROPA
VERLAG

Ein Florenz-Krimi von

Nino Filastò

Pfeffer für Brunelleschi

Mit Illustrationen von Roberto Barni

Aus dem Italienischen
von Christiane Winkler

Europa Verlag
Hamburg · Leipzig · Wien

Die Deutsche Bibliothek – CIP Einheitsaufnahme
Ein Titeldatensatz für diese Publikation ist bei der
Deutschen Bibliothek erhältlich.

Umschlaggestaltung: Frauke Weise, Hamburg
DTP, Satz und Layout: Paxmann/Teutsch Buchprojekte, München
Druck und Bindung: Jütte-Messedruck, Leizpig
ISBN: 3-203-77020-2

Informationen über unser Programm erhalten Sie beim Europa Verlag,
Neuer Wall 10, 20354 Hamburg oder unter www.europaverlag.de

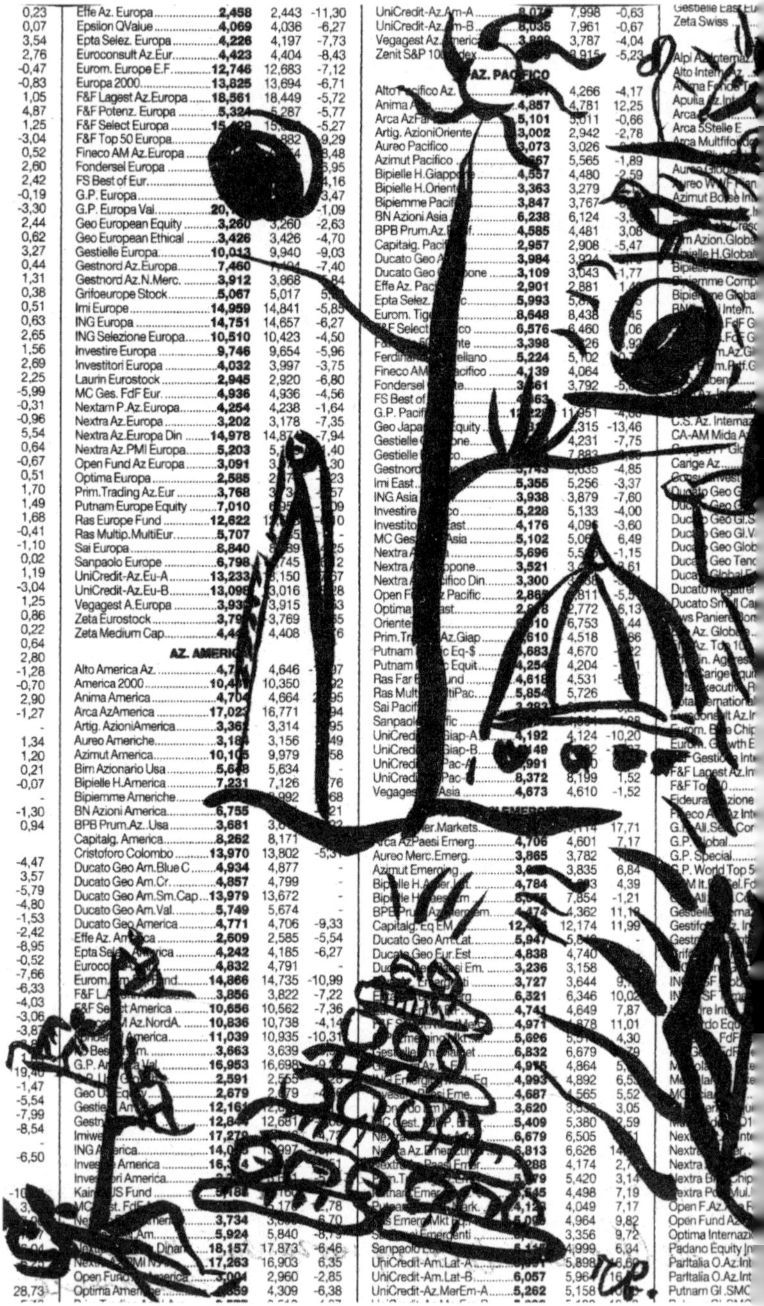

Roberto Barni

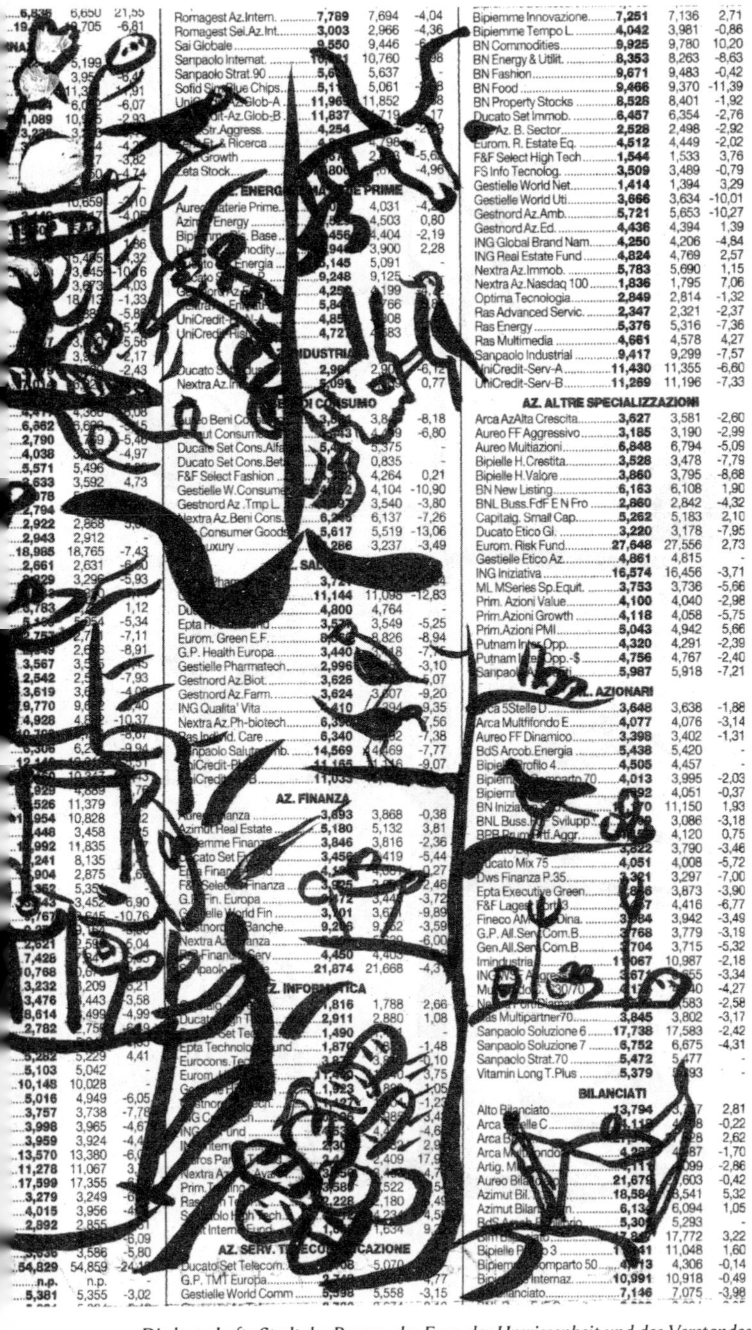

Die lasterhafte Stadt des Peposo, des Eros, der Unwissenheit und des Verstandes

Kapitel I

Maestro Filippo Brunelleschi las den Prolog von Leon Battista Albertis Werk *Über die Malkunst*[1], das der Autor ihm auf Italienisch geschickt hatte. Sein Freund Alberti erwies ihm eine Ehre, indem er ihn wissen ließ, was er von ihm hielt. Damit huldigte Alberti jedoch auch dem kleinen Kreis ausgewählter Freunde, die sich gelegentlich mit Brunelleschi zu Gesprächen über Kunst trafen, sofern es ihre knappe Zeit erlaubte. Was viel zu selten vorkam, wie Filippo betrübt feststellte.

Man empfand in dem kleinen Freundeskreis Zuneigung füreinander und wusste, dass jeder einzelne sich auf dem Höhepunkt seines Schaffens befand und man in Vorstellungen und Zielen übereinstimmte. All dies konnte man wunderbar zwischen den Zeilen dieses Prologes herauslesen.

Alberti vertrat die Meinung, dass die glorreiche Antike eine Vielzahl von Malern, Bildhauern, Architekten, Musikern, Geometern, Rhetorikern und Wahrsagern hervorgebracht hatte, während in der gegenwärtigen Epoche von diesen tüchtigen Menschen immer weniger geboren wurden. Als hätte der Strom der Zeit die Natur ermüdet, indem er sie irgendwie unfruchtbar hatte werden lassen. Dennoch empfand es Alberti als Trost, nach seiner langen Verbannung und der Rückkehr nach Florenz auf so viele fleißige und lobenswerte Künstler wie eben ihn selbst, Filippo Brunelleschi, den Bildhauer Donatello und den Maler Masaccio gestoßen zu sein, die den Künstlern der Antike in nichts nachstanden. »Wie wahr!«, frohlockte der Maestro bei sich. Wir stehen unseren Vorfahren in nichts nach, das stimmt, obwohl wir uns das Lob für unser Werk viel schwerer zu erkämpfen haben. Wir können auf nichts anderes als unser Talent und unseren Fleiß zählen, denn die Zeiten sind geistig verarmt, trübe und gefährlich geworden. Er dachte an die vielen Mühen, die es ihn gekostet hatte, diesen Auftrag zu erhalten, ihn zu gutem Gelingen zu bringen und daran, dass er nun kurz vor der Vollendung stand. Ihm fielen die Kassandrarufer ein, die ihm voller Missgunst den Zusammensturz seines Bauwerkes prophezeit hatten, anstatt daran zu glauben, dass es in den Himmel wachsen würde! Er dachte aber auch an die Mühe, die es ihn gekostet hatte, am Ende alleine den Auftrag der Bauleitung zu erhalten, ohne seine Aufgabe und mit ihr den Ruhm teilen zu müssen.

Kunst war eben nicht nur eine Frage des Genies und der göttlichen Erleuchtung. Nach

Gottes Licht kam es auf die Schlauheit des Menschen, auf die Politik an, auch diese eine notwendige, wenngleich oft schmutzig und komplizierte Kunst, voller geheimer Machenschaften und Macht des Geldes. Er wusste, wie sparsam seine Mitbürger waren. Und was den Geiz betraf – *Hochmut, Neid und Geiz*[2] waren die verbreitetsten Todsünden im schönen Florenz, wie Dante, der große Vater, zu sagen pflegte –, so hatte Brunelleschi gerade darauf vertraut, damit sein Projekt von den Signori der Zunft der *Arte della Lana* auch ausgewählt wurde. Vor allem wenn es um das Einsparen von Holz ging, denn der Bau seiner großen Kuppel konnte ganz auf hölzerne Stützbogen verzichten. So war bei aller Tugendhaftigkeit sein Werk nicht frei von Sünde. Im Gegenteil, vermutlich war es gerade der sündhafte Geiz, der die Backsteine der Kuppel zusammenhielt.

Wie eine Taube saß Filippo zusammengekauert in der Ecke an seinem Zeichentisch gegenüber einer Winde, die auch zu seinen Erfindungen gehörte, und sah abgelenkt durch die unnatürliche Stille von Albertis Seiten auf. Nur das Geräusch der langsam wiederkäuenden Ochsen war zu vernehmen, die wie zwei unbewegliche weiße Gipsstatuen unten vor die Winde gespannt standen. Kein Knarren der Räder und Seile, die die Backsteine zum Arbeitsbereich hochzogen.

Der Maestro ließ seinen Blick über das Baugerüst schweifen, das wie Gitterstäbe eines bizarren, ringartigen Gefängnisses das Innere der Kuppel umschloss. Es diente nur den Arbeitern, nicht aber der Konstruktion als Stütze, aufgrund seines genialen Einfalls hielt sich diese ganz von allein. Maurer, Mörtelmischer und Hilfsarbeiter schwiegen und waren mit ihren Broten beschäftigt, die sie während der Pause aßen. Doch seine lautesten Arbeiter, die aus dem nahegelegenen Impruneta, waren verschwunden. Ihrem Geschwätz, ihren lauten Rufen, den gegenseitigen Verspottungen, die sich die Brenner zuriefen, wenn sie wie die Tauben grau vor Erde nach dem Wissen des Architekten und den Regeln ihrer eigenen Handwerkskunst die Backsteine ein- oder die in Impruneta gebrannten Dachziegel aufsetzten, war Stille gefolgt. Von den Brennern keine Spur. Filippo fragte sich, wo sind sie bloß alle abgeblieben seien. Richtig, heute war ja Donnerstag. Er sah auf sein Horarium. Durch die Erfindung dieser außergewöhnlichen mechanischen Uhr hätte er noch um einiges wohlhabender werden können, als er ohnehin schon war. Doch sein Leben an die Produktion und den Verkauf von Uhren zu verschwenden, schien ihm keinesfalls ehrenwert zu sein. Sein Geist strebte nach ganz anderen Höhen. Und darum befand er sich auch im Mittelpunkt dessen, was, wenn nicht zum größten, so doch bestimmt zum schönsten Tempel des Christentums werden sollte, wie er insgeheim sich wünschte und wie – warum auch bescheiden sein? – seine künstlerische Größe es ihn hatte hoffen lassen.

Es war kurz nach zwölf Uhr mittag. Donnerstag mittag, versteht sich. Und wie jeden Dienstag und Donnerstag mittag waren die Brenner verschwunden. Einfach weggelaufen. Hatten sich in alle Winde verteilt. Noch vor einer Minute waren sie da gewesen, jetzt, eine Minute später, waren ihre staubbedeckten Kutten nicht mehr auf den Gerüsten zu sehen. Und alles ohne ein Wort des Grußes. Ohne ein, »Maestro, wir legen nur für kurze Zeit unsere Arbeit nieder ...«. Oder, besser gesagt, für eine Stunde, denn da tauchten sie so heimlich still und leise wie sie verschwunden waren auch wieder auf. Nach einer guten Stunde, mindestens.

Ein Bauleiter, der gleichzeitig Unternehmer ist – und in seiner doppelten Funktion hielt Maestro Filippo sich für einen solchen, denn für sein Lebenswerk hatte er alles riskiert, nicht nur die Ehre, sondern sein gesamtes Hab und Gut, wäre die Kuppel zusammengestürzt, wie seine Neider ihm prophezeit hatten –, ist wie der Feldherr einer Kompanie. Ein Feldherr muss trotz seines Ranges und der eisernen Rüstung, die ihn von der Soldateska unterscheiden, fürsorglich und in gewisser Weise wie ein liebevoller Vater sein. Damit sein Milizheer nicht inmitten einer Schlacht die Flucht ergreift, muss der Feldherr seine Männer zuinnerst kennen, sowohl ihre Tugenden als auch ihre Laster, und für den endgültigen Sieg selbst ihre Laster in Tugenden zu verwandeln wissen.

Dieses heimliche Verschwinden, um weiss Gott wohin zu gehen, hatte für den Maestro den bitteren Beigeschmack der Arglist. Diese ungewöhnlich lauten, geschwätzigen und gotteslästerlichen Brenner aus Impruneta, die in all ihrer bodenständigen und animalischen Einfältigkeit wie aufgeschlagene Bücher waren und für die zuerst das Brot und dann die Frauen kamen, nicht die Frauen als Mensch, sondern wie der Ninferno in Bocaccios Novelle von der einsamen Alibech, reduziert auf jenes schwarze Dreieck, wurden zwei Mal die Woche während dieser beiden Stunden zu zurückhaltenden, verstohlenen Geschöpfen, die dem Maestro etwas verheimlichten, das sie nicht vor aller Welt zeigen und das vor allem vor ihm verborgen bleiben sollte. Die listigen Bauern aus Impruneta, denn das waren sie trotz ihrer Handwerkskunst geblieben – außerdem hatten sie noch immer mit Erde zu tun, selbst wenn sie nun geschickt die handgefertigten Backsteine manövrierten, deren Masse sie selbst anrührten – warteten ab, bis Brunelleschi seinen Kopf über den Tisch beugte, auf dem sich die Zeichnungsrollen, Zirkel, Winkel und arithmetische Tafeln häuften, um sich auf die Lösung eines Konstruktionsproblems zu konzentrieren, das fast täglich auftrat. Dann schlüpften sie lautlos fort, kletterten flink wie die Eichhörnchen an den Außengerüsten herab und befanden sich gleich darauf außerhalb der Kathedrale, ohne erst an ihm vorbei zu müssen. Aber wohin gingen sie?

Kapitel II

Filippo verließ den Dom. Er legte sich in der Nähe der Säulenhalle des *Bigallo* auf die Lauer, von der man die beste Aussicht hatte. Über seinem Kopf hing das alte Wappen mit den beiden bunten Hähnen. Keiner wusste, weshalb die großzügigen Händler und Geldgeber für den Bau des Hospitals sich für dieses Wappen mit den beiden Hähnen entschieden hatten, deren Federkleid von Wind und Wetter über zwei Jahrhunderte verblasst war und sie wie ausgemergelte Gestalten erscheinen ließ. Vor zweihundert Jahren hatten unverheiratete, unzüchtigen Frauen auf der Stufe, von der aus Filippo zur gegenüberliegenden Seite des Platzes sehen konnte, im Dunkel der Nacht und nachdem sie mit verhüllten Gesichtern an den Mauern der Gassen entlang geschlichen waren, die zu dem Platz führten, in dessen Mitte sich der hässliche alte Dom von Santa Reparata erhob, die Frucht ihrer nicht von Gott gesegneten Liebschaften abgelegt. Nun war das alte Gebäude, das durch den Bau einer Säulenhalle verschönert worden war, nur noch ein verlassenes Krankenhaus, das von obdachlosen Landstreichern als Unterschlupf benutzt wurde, die hier heimlich ihre vom Umherwandern müden Knochen ausstreckten. Im Innern war an der breiten Wand des Krankensaals noch mit Mühe ein großes Fresko zu erkennen, das mit einfachen Pinselstrichen, flach und ohne jegliche Perspektive, von Malern der Antike angefertigt worden war. Nun war es von der Zeit verblichen und den Lumpen der Bettler beschmutzt worden, die daneben ihr Lager aufschlugen. Auf dem strengen Fresko in byzantinischem Stil war San Pietro der Märtyrer abgebildet, der mit einer befehlerischen Geste der rechten Hand den Teufel verscheucht, der ihm in der Via Strozzi in Gestalt eines höllisch schwarzen Pferdes erschienen und aus dem der Erzteufel entstiegen war.

Filippo Brunelleschi sah zu seiner Kuppel auf und kniff im hellen Licht der Mittagssonne die Augen wie ein Maler zusammen, der die Entfernung misst. Die Kuppel wuchs und erhob sich voll und erhaben, und dennoch schlank wie die Hüften eines jungen Mädchens, vom unglaublichen Blau des Maihimmels ab. Der Teil aus Ziegelsteinen, die wie Fischgräten einer neben dem anderen gereiht waren, war fast fertig und wie das verstümmelte Lächeln eines alten Weibes war hier und da schon die Abdeckung aus roten Dachziegeln zu sehen. Zwischen dem Traggerüst und der Dachabdeckung befand sich ein hohler

Zwischenraum, durch den ein spiralenförmiger Fußweg zur Kuppelspitze führte. Wie die Hand eines Liebhabers glitt der Blick des Maestro liebevoll und zärtlich an den Seiten der Kuppel herab. Erde, nichts als Erde und Feuer. Dasselbe Feuer, aus dem auch die Terrakotta-Ziegel und die Ideen gebrannt waren. Er spürte, wie ihre Wärme seinen ganzen Körper ergriff. Freude stieg ihm vom Herzen in den Kopf, und er hatte den Wunsch zu singen und diese harmonischen Linien in Musik zu fassen.

Der Blick des Maestro fixierte den gegenüberliegenden Fluchtpunkt des Platzes, von wo die *Via dell'Oriolo* in das Gasseneckchen der *De' Bìscheri* mündete.

Wieder musste Filippo an das Feuer denken, das die Häuser der Familie Bìscheri zerstört und damit einem langjährigen Streit ein Ende gesetzt hatte. Die Familie der Bìscheri hatte ihre alten Häuser, die gut zu der gegenüberliegenden alten Kathedrale von Santa Reparata gepasst hatten, nicht an die Gemeinde abtreten wollen. Aber jetzt, da der alte Dom sich in die imposante Basilika von Santa Maria del Fiore zu verwandeln begann, mussten die einfachen Hütten abgerissen werden und den neuen, würdevolleren Palästen Platz machen. Doch in Erwartung, dass die Gemeinde die für die Hütten zu zahlende

Abfindung erhöhte, weigerten sich die Bìscheri ihre Häuser an die Stadt zu verkaufen. Nur deshalb hatte sich Luigi Bìscheri, das Oberhaupt der Familien und einer der Signori der Zunft der *Arte della Lana,* gegen Brunelleschis Projekt ausgesprochen, und nicht etwa, weil er tatsächlich den Zusammensturz der Kuppel fürchtete. Er wollte Zeit gewinnen und so den Wettbewerb zwischen den Konkurrenten fördern, damit der Preis für die alten Häuser in die Höhe ging.

Doch der Maestro sah und hörte alles. Seine kleine, unscheinbare, etwas hässliche Gestalt schlüpfte in der staubigen Arbeiterkutte und dem tief ins Gesicht gezogenen Scheitelkäppchen überall hinein und ging als beliebiger Arbeiter durch. Vor den Feiertagen besuchte Filippo die einfachen Spelunken in den Gässchen rund um den Dom, in denen der Rauch und das schummerige Licht der Öllämpchen abends dafür sorgten, dass alle Katzen grau waren. In einer dieser Kneipen hatte Filippo an einem Tisch vor einem Krug Wein und einer angeschlagenen Tontasse den Prahlereien eines betrunkenen Kerls zugehört. Der Wein hatte den Jungen redselig und angeberisch gemacht. An dem groben Wirtshaustisch hatte er angesichts der Mittelmäßigkeit der Umgebung, in der er sich befand, verächtlich die buschigen Augenbrauen gehoben, seine kräftigen Arme zur Schau gestellt und sich seiner Jugend und Fähigkeiten als Liebhaber gebrüstet. Er wusste, wie er sich zu verkaufen hatte. Er konnte Geld ausgeben, sich wollene Kleider leisten, er hatte sich eine Goldkette gekauft und innerhalb eines Jahres wollte er ein exklusives Bekleidungsgeschäft eröffnen. Mit welchem Geld? Ach ja, das Geld. Das wollte er Groschen um Groschen[3] dem ältesten und angesehensten der Bìscheri abknöpfen. Völlig mühelos, er musste ihm nur sein Ding hochhalten, sobald es von ihm gefordert wurde. Den Alten zu befriedigen war keine einfache Sache, man musste sich gedanklich schon anderweitig in Lust versetzen und so tun, als hörte man ihn nicht, wenn er im Eifer des Gefechtes wie eine abgestochene Sau zu grunzen anfing. Außerdem musste man sich davor hüten, seinem nach Verwesung stinkenden Munde zu nahe zu kommen.

Sobald Brunelleschi seinen Ekel überwunden hatte, hatte er sich an einen Nebentisch gesetzt und sich Abend für Abend langsam die Freundschaft dieses Bürschchens erworben, indem er ihm manchmal das Abendessen oder den Wein spendierte. Ihm war es auch gleichgültig, dass der Gimpel dachte, eine neue Eroberung gemacht zu haben. Nachdem er ihm gehörig zugesetzt und ihn wie ein Fass mit Wein abgefüllt hatte, schleppte er ihn schließlich zu Pier Luigi Bìscheri. Dieser riß die Augen auf, als er Brunelleschi in Begleitung seines Buhlen sah.

»Ihr seht, mein Herr«, sagte Filippo dem Signore der Zunft der *Arte della Lana,* »ihr glaubt nicht daran, dass ich die Kuppel auf meine Art errichten kann und denkt, dass sie nicht lange in den Himmel ragen wird. Dennoch hat unser junger Freund hier euch *per facta concludentia* bewiesen, dass es allein der Liebe bedarf, um die Dinge dieser Welt emporragen zu lassen. Ob göttliche oder fleischliche Liebe, ob profane Liebe oder Liebe zum Geld, die ebenso profan, wenn auch anderer Natur ist, spielt keine Rolle, nur Liebe muss es sein. Ich versichere euch, dass meine Liebe zu meiner Kunst geradezu grenzenlos ist.«

Auf diese Weise ließ er den widerlichen Alten wissen, dass er sein Geheimnis kannte und der Bìscheri die Zeche zu zahlen hatte, wenn er wollte, dass die Angelegenheit sowohl vor dem Gonfaloniere der Justiz als auch dem Volksführer geheim gehalten wurde – die übrigens in Sachen Sodomie keinen Spaß verstanden und jeden Sodomit hinter Gitter in die *Stinche* brachten oder in schweren Fällen auf dem *Prato*[4] öffentlich verbrannten. Und der verehrte Signor Pier Luigi de Bìscheri zahlte auch sogleich die Zeche, indem er sein Veto aufhob und rückhaltlos Brunelleschis Projekt gegen das von Lorenzo Ghiberti unterstützte. Politik, natürlich, und von der übelsten Sorte. Der Maestro hatte seine Unternehmungen also gleich in doppeltem Sinne der Sünde zu verdanken: der des Geizes und der der Unzucht wider die Natur. Hätten jene jungen, barbarischen Franziskanermönche bäuerlicher Herkunft, die erst kurze Zeit zuvor aus den Bergen von Mugello heruntergekommen waren, die leidenschaftlich und aus vollem Halse predigten und Künstler nur schwer ertragen konnten, nur die Hintergründe gekannt, sie hätten die Kuppel als eine mit dem Mörtel des Satans erbaute Gotteslästerung erachtet.[5]

Aber lassen wir getrost die anderen vom Teufel und den Sünden sprechen, dachte der Maestro. Was uns interessiert ist lediglich, dass die Kuppel schon jetzt den Blick auf die Hügel von Fiesole versperrt und wie eine strahlende Braut in ihrem neuen Hochzeitskleid blühend zum Himmel wächst.

Kurz darauf war wie durch Zufall der Brand ausgebrochen. Die Häuser der Familie Bìscheri, die bereits vorher nichts weiter als einfache Hütten gewesen waren, hatten nun gänzlich an Wert verloren. Denn wie das Sprichwort sagt, wer zuviel unternimmt, wird wenig schaffen. Andrerseits waren die Bìscheri daran gewöhnt, verarscht zu werden.

Plötzlich sah er alle zwanzig Brenner wie die Soldaten in Reih und Glied mit gesenkten Köpfen einher marschieren, allen voran Valdemaro, der stattliche junge Maurermeister mit den strohblonden Haaren, von dem man nicht vermutet hätte, dass er aus Impruneta stammte, wo die Leute eher kleinwüchsig waren. Bei der Via dell'Oriuolo kamen sie um die Ecke und machten sich auf den Weg zu den Gerüsten.

Kapitel III

Filippo fuhr mit seinem Löffel in die Kuttelsuppe.

»Ich würde euch gerne etwas fragen«, sagte er zu dem Wirt der Osteria *Al Cigno bianco,* die auf halber Höhe in der Via dell'Oriuolo lag.

»Falls ihr mir diese Auskunft geben könnt, ohne einen Schwur zu brechen.«

Der Wirt verstand den Scherz nicht und machte ein besorgtes Gesicht.

»Was für einen Schwur? Ich schwöre nicht, ausser der Volksvertreter lässt mich als Zeuge nach *Bargello* rufen ... Mein Gott, davon sollte man sich lieber fernhalten. Jedenfalls ist es eine Sünde, willkürlich einen Schwur zu leisten. Also, wenn ich euch zu Diensten sein kann, gerne.«

»Es handelt sich um nichts geheimes, das in *Bargello* bezeugt werden müsste, da seid mal unbesorgt«, lächelte Filippo. »Ihr kennt doch meine Brenner aus Impruneta, nicht wahr?«

»Was die anderen Schlauköpfe der Umgebung betrifft, die von der Aussicht auf Arbeit an dem grossen Dom angezogen worden sind, so erkenne ich sie daran, wie sie in ihren grauen, zerschlissenen Hosen voller Staub umherlaufen.

Aber wenn ihr mich fragt, wer sie sind ... Wenn ich sie beim Namen nennen soll, nun, wer kennt schon diese Flegel?«

»Ich möchte nur wissen, ob sie jeden Dienstag und Mittwoch, wenn die grosse Glocke am Dom zwölf Uhr schlägt, hierher zum essen und trinken kommen. Kommen sie hier her zu euch?«

»Nein mein Herr, wirklich nicht, Euer Gnaden«, sagte der Wirt und verzog dabei unzufrieden das Gesicht. »Die ersten Wochen, kurz nachdem sie aus ihrem Dorf in den Weinbergen über Arceti in die Stadt gekommen waren, kamen sie zwei oder dreimal hierher, aber sie haben sich gleich wieder abgewendet, als hätte ich ihnen statt Wein Essig zum trinken gegeben, wie seinerzeit Jesus Christus am Kreuz. Und natürlich kann auch ich ihr verdammtes Pfeffergericht nach allen Regeln der Kunst zubereiten.«

»Sie haben sich abgewendet? Wie meint ihr das?«

»Ihr müsst wissen, verehrter Herr, dass die Einwohner von Impruneta eine besondere Vorliebe für ein bestimmtes Pfeffergericht, das sogenannte *Peposo* haben, das aus minderwertigem Fleisch, schrecklich hartem Rindermuskel, Abfall sozusagen, zubereitet wird. Die Brenner stecken es stundenlang in den Ofen und lassen es mitsamt ihren Backsteinen und Dachziegeln schmoren. Darum schmeckt ihr *Peposo* auch nach Erde, selbst wenn sie es mit grossen Pfefferkörner übersähen. Ich selbst stecke es nicht mit den Ziegeln zusammen, ich habe noch nicht einmal den geeigneten Ofen dafür. Ich koche es auf der Flamme. Meiner Meinung nach wird es dadurch besser. Doch für sie schmeckte es vermutlich nicht genug nach Erde. Darum haben sie sich wieder abgewendet.«

»Erdgeschmack, Heimatgeschmack. Gehen sie deshalb woanders hin?«

»Vielleicht.« Der Wirt schüttelte skeptisch den Kopf. »Vielleicht deshalb, vielleicht gibt es aber auch noch einen anderen Grund ...«

»Ja, wo gehen sie denn nun hin?«

»Mein Herr, kennt ihr dort unten in der Nähe der Peruzzi Häuser die Arkade von San Pierino?«

»Ja, und?«

»Neben dieser Arkade gibt es einen Bäcker. Dorthin gehen sie.«

»Macht etwa der Bäcker von San Pierino meinen Arbeitern ihr *Peposo*?«

»Nein, gnädiger Herr, der Bäcker Giovanni wüsste doch nicht einmal, wo er anfangen sollte. Vom Kochen versteht er rein gar nicht ... und von anderen Dingen versteht er auch sehr wenig ... und seine Frau hat zuviel zu tun ... um zu kochen ... meine ich. Eine schöne Signora, die Bäckerin von

San Pierino, von so einer verlangt man doch nicht, dass sie auch noch kocht, nicht wahr? Haben gnädiger Herr sie jemals zu Gesicht bekommen?«

Brunelleschi schüttelte den Kopf, ohne dabei den Mund zu öffnen, um den Redefluss des Wirtes nicht zu unterbrechen, der gerade so in Fahrt geraten war.

»Da habt ihr was verpasst. Aber noch habt ihr Zeit, euch etwas erfreuliches zu Gemüte zu führen. Von hier aus ist es nicht weit, sie steht immer auf der Türschwelle ihres Laden, um frische Luft zu schnappen. Dante hätte sie *„zu den dreissig“*[6] gezählt, also zu den dreissig schönsten Frauen von Florenz ...«

Der Wirt hatte sich etwas in die Brust geworfen, als er Dantes Sonett zitierte, und war stolz, einem berühmten Künstler zeigen zu können, dass auch die Wirte sich auf Literatur verstanden. Doch gleich darauf nahm er wieder einen wehmütigen Ausdruck an, schnaubte, schüttelte den Kopf, senkte die Stimme und flüsterte.

»Aber vielleicht hätte der Alighieri die Bäckerin von San Pierino ja auch in die Hölle, in den Graben geschickt, *„und dorthin kamen wir – im Graben unten sah ich ein Volk im Kot tief eingetaucht, als hätten sich Kloaken hier ergossen.“* Wisst ihr, gnädiger Herr, denselben Graben, in den er diese Thais gesteckt hat.«

»*„Thais ist es, die Hure, die dem Buhlen, als er sie fragte: ‚Bin ich dir auch teuer?‘, antwortete: ‚O über alle Maßen!‘“*« zitierte Brunelleschi, um Gleiches mit Gleichem zu vergelten.

»*„Und das genüge dir von diesem Anblick“*[7] Ganz abgesehen vom Geruch. Richtig, verehrter Herr«, bestätigte der Wirt und rezitierte den Gesang zu Ende, »ihr habt verstanden, wie ich sehe.«

»Und was sagt der Bäcker dazu?«, fragte Brunelleschi.

»Giovanni? Was sollte der arme Mann schon sagen. Er murrt, aber schließlich erträgt er es doch. Eine wie sie ist nur schwer zu ertragen. Oft ist eine schöne Ehefrau ein Unglück.«

»Ja, aber wie kommen meine Brenner dann zu ihrem *Peposo*?«

»Das bringen ihnen ihre Frauen jeden Montag und Mittwoch abend nach Sonnenuntergang aus Impruneta. Sie bringen es ihnen schon fertig zubereitet, aber noch ungegart. Einer von ihnen steckt es dann noch spät in der Nacht in den Ofen des Bäckers neben die Brotlaibe, versteht ihr? Die Tradition will, dass die Bäcker auch anderer Leute Sach in den Ofen stecken lassen. Gegen ein kleines Entgelt für die Umstände und das Feuer versteht sich.«

»Und was hat die schöne Bäckerin damit zu tun?«

»Oh ja, mein Herr, ich weiss nicht, ob ihr die Anspielung verstanden habt. Sie hat sehr wohl etwas damit zu tun. Meiner Meinung nach, versteht sich ... Aber ich glaube, dass eure Brenner nach San Pierino gehen, um ausser dem *Peposo* dort auch noch etwas anderes in die Wärme zu stecken. Scheinbar prügeln sie sich darum, wer Montag und Mittwoch nacht das *Peposo* in den Ofen stecken darf.«

Der Wirt lachte laut. »Vielleicht gilt in der Heiligen Schrift das ‚Hineinstecken' ja deshalb als Todsünde ...«

Kapitel IV

Filippo Brunelleschi wollte es genau wissen. Am folgenden Dienstag mittag, sobald er bemerkt hatte, dass die Brenner verschwunden waren, huschte auch er rasch wie ein Affe das Gerüst herunter, begab sich zur Canto de' Bìscheri und bog in die Via dell'Oriuolo ein.

Unter der Arkade von San Pierino war es so dunkel wie in einem Abzugskanal. Und genau so stank es auch nach Schlamm und altem Frittieröl. Unter der dunklen Arkade überdeckte der Geruch der Bratküchen, die den Passanten ihre in ranzigem Öl gebackene Polenta und kleinen Fische aus dem Arno anboten, den guten Geruch von verbranntem Holz und Brot. Gestank und Rauch brannten in den Augen, die schon vom Kontrast zum Tageslicht geblendet wurden. Darum konnte Filippo seine Brenner aus Impruneta auch erst nach einer Weile entdecken. Ein paar von ihnen saßen mit überkreuzten Beinen gegen die Mauer gelehnt, andere wiederum standen, doch alle hielten in ihren von Erde grau gefärbten Händen einen Zinnteller, in den sie ein Stück Brot tauchten. Sie aßen mit dergleichen Umsicht und jener für Arme typischen Aufmerksamkeit im Blick, die auch Mischlingshunden zueigen ist, die es nicht gewohnt sind, jeden Tag etwas zu essen zu bekommen und fürchten, man könne ihnen das Fressen klauen.

Maurermeister Valdemaro stand in voller Grösse aufgerichtet da. Seinen Kumpanen nannten ihn einfach nur den »Deutschen«. Diesen Spitznamen hatte man ihm aufgrund einer netten Geschichte und eines schamlosen Gerüchtes über Mutter und Vater verpasst, dessen Familiennamen er trug. Doch zumindest war die Geschichte möglich. Eines war sicher, seine hellen, eisblauen Augen verbanden sich nur im allertiefsten Winter mit den Erdfarben von Impruneta und auch nur, wenn der Nordwind pfiff und die Olivenbäume auf den Hügeln die Farbe wechselten und ihre weisse Blattseite nach oben kehrten, als wären sie mit Schnee bedeckt. Doch seine Größe von fast zwei Metern und sein semmelblondes Haar hatten rein gar nichts mit Impruneta und am allerwenigsten mit imprunetanischen Männern zu tun, die größtenteils untersetzt und von dunkler Haar- und Hautfarbe waren. Also ging das Gerücht, dass Valdemaros Mama, die scheinbar eigenhändig den ostgotischen Namen ihres Sohnes gewählt hatte, eines oder mehrere intime Treffen mit einem deutschen Soldaten gehabt haben soll, der den florentinischen Söldnertruppen angehörte.

Siebenundzwanzig Jahre zuvor – was genau dem Alter von Valdemaro entsprach –, waren in Florenz unruhige Zeit ausgebrochen. Viele kleinere Kriege und die Bedrohung durch einen großen Krieg gefährdeten das Überleben der Gemeinde, die neben Venedig als einzig in ganz Italien unabhängig war. Giovanni Galeazzo Visconti, Herr und Tyrann von Mailand und zu einem großen Teil Herrscher über die fruchtbare Lombardei, reich an Feldern und Schätzen, war das Schreckgespenst von Florenz. Giovanni Galeazzo hatte sich mit Siena und Arezzo verbündet, denn er verfolgte das noch nicht einmal geheime Ziel, in die Toskana vorzustoßen und König von halb Italien zu werden. Um Siena und Arezzo und damit indirekt den lombardischen Tyrann unter ständige Bedrohung zu stellen und in Schach zu halten, mussten die Florentiner unentwegt Heerscharen von Soldaten deutscher und anderer Herkunft anheuern. Doch das Geld gab ihnen die Macht, und so zahlten sie dem Grafen Stefan von Bayern achtzigtausend florentinische Gulden, damit er mit zwölftausend Kavalleristen nach Italien kam. Obwohl der bayerische Herr schließlich nur mit der Hälfte der versprochenen Männer kam, dafür aber erst wieder nach Deutschland abzog, nachdem er bei der Wiedereroberung Paduas mitgeholfen und wie Schneckenschleim seine versprengten Soldaten hinter sich zurückgelassen hatte, die dem bayerischen Bier den toskanischen Wein und die Sonne vorzogen, wandten sich für die Florentiner die Dinge zum Guten. Florenz hatte den großen Feldherren Giovanni Aguto von dort einberufen, wo er sich gerade befand, nämlich in Apulien im Dienste der Witwe von Carlo Durazzo. Agutos Gefolge hatten sich auch die versprengten deutschen Soldaten angeschlossen, die sich in der Nähe von Siena und im Chianti zu Söldnerbanden zusammengeschlossen und die Ernte und das Vieh geraubt, Jungfrauen vergewaltigt und völlige Unordnung in den Dörfern und Gemeinden von Siena und Arezzo gestiftet hatten. Eine deutsche Brigade von zweitausend Lanzenträgern unter dem Befehl von Aguto – der als bedeutender Befehlshaber das Heer von Giovanni Galeazzo Visconti besiegt hatte, so dass die Florentiner sogar am Tage des Heiligen Johannes am Ufer des Adda zu ihren traditionellen Pferderennen gehen konnten –, schlug in der Nähe von Impruneta ihr Lager auf, um sich auf ihrer Reise gegen Norden ein wenig auszuruhen. Das war zwischen Oktober und November des Jahres 1393, genau zur Zeit der Weinlese, wenn die Gassen von Impruneta nach Most dufteten, der einem zu Kopfe steigen konnte. Als für den Most die Abstichzeit gekommen war, er also umgefüllt werden konnte, hatte das einfache Kriegsvolk Impruneta bereits wieder verlassen.

Während dieser beiden Monate waren Valdemaros Mama und der Landsknecht[8] sich scheinbar nähergekommen, wenn nicht sogar ziemlich nahe.

Man munkelte, dass das Heu der umliegenden Hügel oft von dem Gewicht zweier Körper plattgedrückt worden war: dem der kleinen, üppigen Mama von Valdemaro, und dem des riesigen deutschen Lanzenträgers und Söldners von Florenz, der später im Dienste von Aguto stand. Ein paar böse Zungen im Dorf hatten sogar behaupteten, dass man sie gesehen hätte, wie sie es von hinten trieben, obwohl sich im hohen Gras eines Hanges versteckt hatten. Aber wie man weiss, bedarf es bösen Zungen eines Dorfes nur sehr wenig, um übel nachzureden. Oftmals genügt bereits ein herzlicher Gruss, ein Blickkontakt oder einfach nur ein Lächeln. Dennoch geschah es, dass neun Monate nachdem die Truppe ihr Lager bei Impruneta aufgeschlagen hatte, Valdemaros Mama Luisa unter Mühen und großen Schmerzen – weil das Neugeborene lang und groß war und fast sechs Kilo wog – den zukünftigen Maurermeister der Brenner zur Welt brachte, die nun für Brunelleschi an der Kuppel arbeiteten.

Valdemaro aß, doch er hatte seinen Blick nicht wie die anderen auf den Teller geheftet. Er starrte vielmehr eine Frau an, die ihm verschmitzte, zärtliche Blicke zuwarf, während sie einen Schöpflöffel aus einem großen Topf zog, den sie am Stiel in der Armbeuge und auf die vorgelehnte Hüfte gestützt hielt, um ihm den Teller nachzufüllen.

»Oh, Viola«, sagte ein alter Brenner, während er mit einem Stück Brot seinen Zinnteller blank putzte. »Er ist zwar größer als ich, aber du füllst dem Deutschen schon zum dritten Male die Schüssel auf. Vergiss uns nicht, liebe Bäckersfrau.«

Filippo sah die Frau an, die sich als Marketenderin gab. Sie war wirklich wunderschön. Der Wirt hatte nicht übertrieben, als er ihre Schönheit lobte. Sie war nicht so groß wie Valdemaro, doch verschwand sie neben ihm auch nicht. Ihre schönen, hellbraunen Haare, die sie nach florentinische Art am oberen Kopfende in einem stupfen Winkel gebunden trug, fielen ihr in Kringeln bis zur Hüfte über die Schultern. Sie hatte ein großes, breites Gesicht mit hervorstehenden

Wangenknochen, die ihre wie Bergseen wunderbar tiefen Augen noch unterstrichen, welche sich im Schatten des Bogens violett gefärbt hatten. Sie besaß einen vollen, fruchtbaren Körper, der jedoch keine Spur von Fett aufwies. Unter ihrem luftigen Rock, der bis auf die Pflastersteine herabreichte, ließen sich zwei lange, wohlgeformte Beine vermuten, über die sich der Stoff spannte, sobald sie einen Schritt tat. Sie hatte kleine Brüste, die spitz und fest wie die eines unerfahrenen Mädchens waren.

»Oh mein Gott!«, rief der alte Brenner und stand plötzlich auf. »Seht nur, wer da ist!«

»Oh Herr, was tut ihr hier?«, sagte ein anderer, riss dabei die Augen weit auf, wischte sich mit dem Handrücken den Mund ab und beugte sich in einem angedeuteten Knicks nach vorne.

»Was ich hier tue?«, fragte Brunelleschi. »Kennt ihr nicht die Geschichte von Mohammed und dem Berg? Kommt der Berg nicht zu Mohammed, geht Mohammed eben zum Berg.«

»Dies ist kein Ort für Leute eures Standes, die Arkade von San Piero ist nur für arme Arbeiter, wie wir es sind!«, erwiderte der Brenner.

»Glaubt ihr denn, es geziemet sich, dass ihr heimlich still und leise, ohne ein Wort zu sagen, einfach eure Arbeit niederlegt?«, fragte Brunelleschi streng.

»Wir müssen schließlich etwas essen«, antwortete Valdemaro. »Das ist unser gutes Recht. Die Mittagszeit gehört uns.»

»Viola«, rief der Alte, »bringt Maestro Brunelleschi einen Teller und ein Glas!«

»Ist das der große, ehrwürdige Filippo Brunelleschi?«, fragte Viola lächelnd und warf dem Architekten einen schrägen, etwas schelmischen Blick zu, der so viel bedeutete wie: Ist das alles? Auf Valdemaros Zeichen verschwand sie im Inneren des Ladens und erschien kurz darauf wieder mit einer Korbflasche voller Wein unter dem linken Arm und einem Glas auf einem triefendnassen Teller in der rechten, während sie mit einem Arm immer noch den Topf hielt.

»Danke«, sagte Filippo. »Macht euch keine Mühe. Wie ihr wisst, esse ich zu Mittag nicht, denn solange es Tag ist, ziehe ich die Arbeit vor.«

»Aber wir nicht«, erwiderte Valdemaro in pikiertem Ton. »Wir müssen auch tagsüber etwas zu uns nehmen. Wie könnten wir sonst senkrecht in den Gerüsten hängen?«

»Bedient euch, verehrter Herr«, sagte der Alte. »Tut uns den Gefallen.«

Brunelleschi nahm Viola den Teller und das Glas aus der Hand. Während sie sich nach vorne beugte, um ihm den grauen Inhalt des Topfes zu servieren, bei dem schon fast der Boden zu erkennen war, atmete der Maestro statt des Geruches des *Peposo* den Duft ihrer Brüste ein, der von ihrer Busenfalte aufstieg. Ein Geruch von Wild und Moos. Brunelleschi verspürte ein schmerzliches Ziehen im Unterleib. Erst als er Valdemaros finstere Blicke bemerkte, wurde ihm bewußt, dass die Intensität, mit der er die Frau angesehen hatte, beinahe das gute Benehmen überschritt. Ihm schien, als sei der Maurermeister erblasst.

»... Neunzehn, zwanzig und einundzwanzig! Da haben wir ja noch ein Maul zu stopfen. Gibt es etwa Zucker in meiner Backstube, dass ihr wie ein Fliegenschwarm angesummt kommt?«

Eine hässliche, weinerliche Stimme erfüllte den Arkadenschacht. Quer über den Platz kam ein rundlicher, mürrischer Kerl mit kurzen Beinen und einem hervorstehenden Bauch angeschlurft, der von Kopf bis Fuß mit Mehl bedeckt war. Das Mehl hatte seine Haare weiß gefärbt und ließ ihn älter erscheinen, als er in Wirklichkeit war. Er hatte sich von einem Tisch erhoben, der vor der dunklen Höhle einer Trinkstube direkt vor der Arkade auf der Seite des Borgo Degli Albizi stand, und taumelte ein wenig in dem Versuch, sich schnell von der Stelle zu bewegen. Sein nach vorne gebeugter Gang wurde von der roten Höckernase eines Säufers noch unterstrichen.

Der Mann packte Viola am Arm.

»He, du! Wie oft muss ich dir noch sagen, dass du diese Bauern nicht bedienen sollst! Geh sofort ins Haus, und zwar marsch!«

Mit einer ruckartigen Bewegung befreite Viola sich aus seinem Griff.

»Nein. Ich bleibe hier, solange es mir passt. Geh du nach Hause, Saufbold!«

Wieder packte der Mann mit einer Hand den Arm seiner Frau und holte mit der anderen zu einem Schlag aus. Valdemaro ergriff ihn mit seiner kräftigen Pranke am Handgelenk und bog es ihm nach hinten.

»Au, aua«, wimmerte der Mann. »Du brichst mir noch den Arm, verflucht seist du und deine gierige Sippe!«

»Geh nach Hause. Leg dich ins Bett, Saufbold«, wiederholte Viola. Der Bäcker holte mit seiner Linken zu einem Faustschlag aus, den Valdemaro parierte als sei es nichts weiter als ein Flohstich gewesen. Während er dem Bäcker noch immer das Handgelenk verdrehte, zog er ihn hinter sich über die Schwelle der Backstube, die gleichzeitig den Eingang zur Wohnung der beiden Bäckersleute bildete. Beide verschwanden im Dunkeln des Hausflurs. Gleich darauf war ein Schlag und kurz danach der Fall eines schweren Gegenstandes zu hören, der auf einen Stapel Holzscheite geworfen wurde, die für das Feuer im Ofen aufgestapelt worden waren.

»Aua, autsch«, hörte man es jammern. »Jetzt sind sie nicht nur Herren über mein eigenes Haus, sondern schlagen mich auch noch. Ich werde mich beim Gonfaloniere der Justiz beschweren, ja, genau das werde ich tun. In den nächsten Tagen werde ich die Schergen rufen lassen ...! Aua, autsch, auauau!«

Aus einer dunklen Ecke der Bäckerei trat Valdemaro hervor und rieb sich prahlerisch die Knöchel seiner enormen rechten Pranke. Mit seinen kühlen Augen, in denen so etwas wie eine Drohung lag, sah er Brunelleschi direkt an.

»Ihr werdet uns diese Pause nicht nehmen können. Sie steht uns zu. Zumindest zweimal die Woche ist es unser gutes Recht.«

Brunelleschi sagte nichts, er beschränkte sich darauf, Valdemaros Blick standzuhalten, ohne ihm auszuweichen.

Diese Angelegenheit wird noch ein böses Ende nehmen, dachte der Maestro bei sich. Doch das *Peposo* war wirklich nicht übel. Nach all den Stunden im Ofen zerging das faserige Fleisch nun förmlich auf der Zunge.

Der Maestro gestattete den Brennern aus Impruneta, Dienstags und Donnerstags ihre Arbeit niederzulegen. Die Arbeiter entfernten sich also weiterhin für eine Stunde, doch nicht mehr heimlich still und leise, sondern sie liefen allesamt am Tisch ihres Bauleiters vorbei und grüßten ihn, indem sie ihre Mützen zogen.

An einem Donnerstag hielt Brunelleschi den ältesten seiner Arbeiter auf, einer von denen, die ihm ein bißchen weniger Bauer und etwas gesitteter als die anderen erschienen.

»Hört, Maestro Rinaldo, wie stehen denn die Dinge in der Bäckerstube? Kommt es immer noch zu diesen Raufereien mit dem Bäcker, wie der, welcher auch ich beigewohnt habe?«

»Nicht nur Raufereien, verehrter Herr! Ich fürchte, irgendwann wird auch einmal das Messer ins Spiel kommen«, antwortete der alte Brenner.

So erfuhr Brunelleschi, dass die Lage sich verschlechtert hatte. Nach der ersten Zeit, während der sich noch die drei oder vier jüngsten und hübschesten Männer Viola geteilt hatten, hatte schließlich Valdemaro, eher grob als in Güte, das Rennen gemacht. Ihm hatte es genügt, ein paar von ihnen zu verprügeln, um wieder Frieden unter den Brennern einkehren zu lassen. Seit Monaten war es nun der Deutsche, der das *Peposo* in den Ofen stellte. Dennoch hatte die Einigung der Brenner untereinander des Bäckers Eifersucht geweckt. Dieser hatte nichts dagegen einzuwenden gehabt, solange Viola sich mit einer nicht näher identifizierbaren Zahl von Arbeitern ausließ, denn als Saufbold und Gehörnter, der er war, war er an die wilden Vergnügungen seiner Frau gewöhnt. Doch nun war zwischen diesem Bastard eines Landsknechtes und der Schönheit so etwas wie eine Leidenschaft entflammt. Valdemaro beschränkte sich jetzt nicht mehr nur auf die Nächte von Montag und Mittwoch, sondern schlüpfte jede Nacht ins Bett der Bäckerin. Sobald der Bäcker das eheliche Bett verließ, um in die Backstube zu gehen und das Brot zu backen, tauchte der Deutsche auf, um ihm das Bett warm zu halten. Seitdem fingen Giovannis Hörner ihn zu drücken an. Die Nachbarn beschwerten sich über den Zank, die Schreie und das Schnalzen der Hände auf dem nackten Fleisch der Bäckerin, sobald der Buhle am Werke war, denn immer wenn der Geliebte die Nacht in San Pierino verbrachte, traute Giovanni der Bäcker sich nicht, die beiden zu stören. Oft hatte man Viola voller lila Flecken gesehen, und einmal sogar mit einer Beule unter dem linken Auge, die sich über die halbe Wange zog. So geschah es also, dass die den ehelichen Prügeleien folgende Nacht es der Bäcker war, der aus Vergeltung und Rache Prügel bezog. Aber natürlich nur, wenn er in Sichtweite war, denn oft genug versteckte sich der arme Mann aus Angst vor Valdemaros Schlägen. Nach Meinung des alten Brenners konnte solch ein Durcheinander nicht bis in alle Ewigkeiten gutgehen, denn früher oder später musste es zu irgendeiner Schandtat kommen.

Kapitel VI

So kam es also zu jenem famosen Monat Januar. Famos vor allem wegen seiner Kälte. Einer Kälte, die man in Florenz noch nicht erlebt hatte. Selbst der Arno fror zu und konnte zu Fuß überquert werden, so dick war seine Eisschicht. Von Fiesole wehte ein derart eisiger Nordwind herab, dass selbst die Vögel tot von den Bäumen fielen. Mit dem Wind wirbelte Schneeregen einher, der von den heftigen Schneefällen in den Bergen herrührte und die Leute vor Kälte erstarren ließ.

Am dritten Donnerstag jenes eisigen Monats hob Filippo Brunelleschi den Blick von seinen Zeichnungen und sah die Brenner aus Impruneta alle droben auf ihren Gerüsten niedergekauert sitzen und ihre Brotscheiben essen, die einer von ihnen abgeschnitten und mitsamt einer Feldflasche herumgereicht hatte, die dem Maestro mit Wasser gefüllt zu sein schien. Filippo sah auf sein Horarium und bemerkte, dass es viertel nach Zwölf war. An einem Donnerstag, den seine Arbeiter wie die Gefangenen bei Wasser und Brot verbrachten: Das war ja allerhand!

»Ihr da oben!«, rief der Maestro. »Was ist los, geht ihr heute nicht nach San Pierino, um euer köstliches Gericht zu verzehren? Seid ihr es überdrüssig geworden, dass ich euch nur bei Wasser und Brot sehe? Oder hat euer *Peposo* etwa der Teufel geholt?«

Schweigen. Niemand antwortete. Die Brenner kauten langsam auf ihrem Brot herum, verzogen dabei den Mund, als sei es bitter, und sahen auf ihre Füße herab. Valdemaro, der alleine etwas abseits stand, hatte sich aufrecht gegen eine Mauer gelehnt, den Kopf auf die Brust gelegt, die Arme verschränkt und aß nicht wie die anderen, sondern sah eher wie ein riesiger Schäferhund aus, der seine grasenden Schäfchen hütete.

»Und ihr, Valdemaro«, grinste Brunelleschi. »Hat es etwa Aloe ins Bett der Bäckerin geregnet, dass euch der Mund so bitter schmeckt und ihr selbst das Brot verschmäht?«

Valdemaro senkte seinen Kopf noch tiefer auf die Brust und antwortete nicht. So verging der Tag in spannungsvollem Schweigen. Auch die Brenner aus Impruneta schienen sich plötzlich wieder daran zu erinnern, dass sie sich, wenn auch nur zur Arbeit, in geweihten Hallen befanden und arbeiteten schweigend, ohne zu fluchen, was sie für gewöhnlich taten, und ohne ein einziges Wort miteinander zu wechseln.

Am selben Abend kehrte Brunelleschi wieder im *Cigno Bianco* zum Abendessen ein.

»Herr«, sagte der Maestro zum Wirt. »Heute haben die Brenner ihren Arbeitsplatz nicht verlassen, haben kein *Peposo* in der Backstube von San Pierino gegessen. Nicht dass mir das leid täte, denn so fleißig habe ich sie noch nie bei der Arbeit gesehen. Aber, ist irgendetwas geschehen, soviel ihr wisst?«

»Ehrwürdiger Herr«, antwortete der Wirt. »Sagt bloß, ihr wisst nicht, was sich letzte Nacht in der Backstube von San Pierino zugetragen hat.«

»Nein, nichts weiss ich, darum frage ich euch ja danach.«

»Ihr seid der Einzige, der es nicht weiss. Ganz Florenz spricht darüber. Wo lebt ihr bloß?«

»Ich habe anderes im Sinn, als mich um Geschwätz zu kümmern. Also sagt, was ist ?«

»Wollte Gott, es wäre nur ein Geschwätz. Das Schlimme ist, dass etwas ziemlich furchtbares passiert ist. Heute morgen wurde der Bäcker von San Pierino mausetot in seiner Backstube gefunden. Man munkelt, dass es ein seltsamer, unnatürlicher Tot gewesen sein soll. Backstube und Wohnung sind bereits versiegelt worden. Die Schergen des Bargello gehen überall umher und stellen Fragen über die Bäckerin und ihren Buhlen.«

Kapitel VII

Als Brunelleschi drei Tage später den Blick von seinem Arbeitstisch hob, sah er Valdemaro vor sich stehen, der an seiner Mütze spielte, die er in den Händen hielt. Er sah wie ein geprügelter Hund aus, und dem Maestro schien er verarmt, abgezehrt und sogar kleinwüchsiger als sonst zu sein.

»Was bringt ihr mir für Neuigkeiten?«, fragte Brunelleschi.

»Ich würde gerne unter vier Augen mit euch sprechen«, sagte der Deutsche.

»Sprecht, ich bin ganz Ohr.«

Valdemaro sah hinauf zu seinen Kameraden, die überall in den Gerüsten hingen und auf die Arbeit konzentriert zu sein schienen, aber dennoch den Eindruck vermittelten, als würden sie die Ohren spitzen.

»Nicht hier.«

»Wo dann?«

Valdemaro zeigte nach unten auf die Winde, an der langsam die beiden Ochsen drehten, welche die Zahnräder quietschen ließen und die Dachziegel heraufzogen.

»Hättet ihr die Güte, mich anzuhören, Maestro. Nur ein paar Worte. Die Arbeit hat nichts damit zu tun.«

»Das dachte ich mir schon«, seufzte Brunelleschi. Er erhob sich vom Tisch und ging zum Treppchen, das nach unten führte. Neben der Winde roch es nach Mist und Schmierfett, mit dem die Räder eingefettet wurden, und es war so laut, dass man schreien musste, um sein eigene Wort zu verstehen.

»Also?«

»Sicher habt ihr gehört, was dem Bäcker von San Pierino zugestoßen ist, nicht wahr?«, fragte Valdemaro.

»Ich weiss, er ist tot aufgefunden worden. Aber wie und warum das geschehen ist, darüber weiss ich nichts«, antwortete Brunelleschi.

»Ganz recht«, erwiderte Valdemaro. »Keiner weiss wie und warum er gestorben ist. Man sagt, er hätte am ganzen Körper seltsame rote Flecken und Schwellungen gehabt, die aber nicht durch Schlägen verursacht worden sind, versteht ihr, mein Herr? Man sagt, niemand hätte Gewalt gegen ihn angewendet. Es sieht so aus, als wäre er urplötzlich von einer Krankheit heimgesucht worden, einem Aussatz, der seine Lebenssäfte durcheinandergebracht hat. Bis ihm der Atem gestockt und er gestorben ist.«

»Verstehe«, sagte Brunelleschi. »Keiner soll also schuld daran sein. Um so besser für alle. Die Krankheiten des Bäckers von San Pierino interessieren mich einen feuchten Kehricht. Ich habe schließlich eine Kuppel zu erbauen. Danke für die Auskunft. Jetzt lasst uns zurück an die Arbeit gehen.«

Valdemaro rührte sich jedoch nicht von der Stelle, er ging lediglich einen Schritt auf den Maestro zu und bemühte sich, leise zu sprechen und das Geknarre der Räder und Geklappere der Hufschläge der beiden Tiere zu übertönen, die immer im Kreis herum liefen.

»Einen Augenblick, mein Herr. Das Wichtigste habe ich euch noch gar nicht erzählt.«

»Also gut, sagt es.«

»Nun, die Sache ist die ... Ihr wisst doch, wie in einem solchen Falle die Dinge stehen, nicht wahr? Wenn die im Bargello nicht wissen, wie sie die Angelegenheit entwirren sollen, kommt sofort die Hexerei ins Spiel. Der Körper war noch warm, da haben sie im Palast schon von Zauberei gesprochen. Und ihr könnt euch denken, auf wen sie schließlich kommen werden, nicht wahr?«

»Ich kann es mir denken, aber etwas genaues weiß ich nicht.«

»Auf seine Frau. Auf Viola sind sie gekommen. Sie wird der Hexerei beschuldigt. Man hat sie in die *Stinche*[9] gebracht und will sie dort verhören.«

»Nun, dann wird schon etwas Wahres dran sein. Wenn der Zeiger der Waage der Justiz auf das Weib zeigt, gäbe es zumindest ein Motiv. Scheinbar soll es zwischen den Eheleuten häufig zu Streitereien gekommen sein. Ich habe selbst gesehen und gehört, dass sie nicht wie frisch vermählte Turteltäubchen miteinander umgingen. Doch verstehe ich nicht, was euch das angehen soll, verehrter Maurermeister«, sagte Brunelleschi arglistig. »Und erst recht nicht, was es mich angehen soll. Schließlich bin ich kein Knappe des Gonfaloniere der Justiz. Ich bin Architekt, und alles, was mit der Justiz zu tun hat, langweilt mich zu Tode. Wir sollten wohl lieber wieder an die Arbeit gehen, was haltet ihr davon?«

Doch Valdemaro weinte. Zusammengekrümmt und verkrampft stand er da, als sei er seiner Größe und Kraft überdrüssig geworden. Er hielt sich seine Riesenpranken vor die Augen und zwischen seinen Fingern kullerten die Tränen hindurch, er zitterte sogar ein wenig, als würde er von hohem Fieber geschüttelt.

»Gott bewahre«, rief Brunelleschi. »Ein ausgewachsener und tüchtiger Mann wie ihr! Wimmert wie ein kleiner Bub ... Schämt euch! Was ist bloß in euch gefahren?«

»Helft uns, mein Herr ...« stammelte der Riese. »Nur ihr könnt uns helfen. ihr kennt so viele

Leute ... Ihr seid in der Stadt ein äußerst angesehener Mann ... Uns arme Bauern behandelt man wie Dreck, wenn wir nicht gar als Feind betrachtet werden. Niemand hört auf uns. Wenn ihr uns nicht helft, wird man Viola auf das Rad spannen. Und foltern ... Sie ist eine Frau, so eine zarte Frau wie alle anderen auch ... Niemand kann vorhersagen, was sie unter der Folter alles gestehen wird ...«

»Zum Beispiel?«

Valdemaro trocknete sich die Augen, sah dem Maestro ins Gesicht und schien wieder Mut geschöpft zu haben.

»Sie könnte beispielsweise mich ins Spiel bringen und sagen, dass ich es war, der sie zum Bösen angestiftet hat. Für sie würde das den Scheiterhaufen und für mich die *Propaggine*[10] bedeuten, weil ich die Hexe angestiftet und mich ihrer wie ein Dolch bedient habe. Ich wäre ... so zu sagen ... der Geist, der den Arm einer mörderischen Hexe bewaffnet hat. Versteht ihr nun, was ihr und mir wiederfahren könnte?«

Brunelleschi überlegte. Valdemaro war ein tüchtiger Vorarbeiter. Ein sehr tüchtiger sogar, der beste von allen störrischen, starrköpfigen Arbeitern der Umgebung. Doch ihm folgten sie wie die Hunde aufs Wort. Und das nicht nur, weil sie seine riesigen, kindskopfgroßen Fäuste fürchteten, sondern weil Valdemaro das Herz eines Feldherren besaß, obwohl er jünger als viele andere war. Und er hatte Verstand. Er war auf die Idee einer bestimmten Ziegelform gekommen, die man in die Kanten des Achtecks der Kuppel einfügen konnte, auf denen das meiste Gewicht lastete.

Brunelleschi stellte sich seinen Arbeiter mit dem Kopf nach unten über einem Loch auf dem *Prato* aufgehängt vor, während die aufgebrachte Menge um ihn und seinen Henker tobte und ihn mit Beschimpfungen überschüttete und der geladene Gonfaloniere der Justiz das Urteil verlas, das ihn wie ein Pflock zur Einschlagung in den Erdboden verdammte. Dann hätte der Henker das Loch mit Erde zugeschüttet, so dass nur noch die Beine in Höhe der Waden herausschauten, denn das war die Tortur, mit der die Gemeinde Meuchelmördern und ihren Auftraggebern drohte. Eine Art makabere Posse, hinter der das grausame Hohngelächter der Florentiner zu hören war. Als wollte der Erfinder dieser Foltermethode damit sagen: Wir werden diesen Übeltäter pflanzen, wenn er dann statt zu ersticken Pflänzchen und Blättlein hervorbringt, umso besser für ihn.

Armer Valdemaro, wo fand man schon einen wie ihn, der außer der natürlichen Gabe zum Befehlshaber auch über eine solche Kraft verfügte, dass er dort, wo die Winde nicht hinkam, Gewichte hochhieven konnte. Doch was war, wenn er den Bäcker tatsächlich ins Jenseits befördert hatte? Dann war die Folter der *Propaggine* nur allzu gerecht, und nichts und niemand hätte die Mühlen der Justiz behindern dürfen. Die Stadt hatte ihre eigenen Gesetze, und alle hatten sich diesen zu unterwerfen, selbst wenn sie unerbittlich waren.

»Sagt«, begann Brunelleschi und setzte dabei das finstere Gesicht eines Schergen auf.

»Wart ihr euch etwa mit dem Weibe einig?«

»Worüber?«, fragte Valdemaro entsetzt.

»Antwortet wie es sich gehört! Ich will wissen, ob ihr und Donna Viola den Bäcker von San Pierino ermordet habt. Ohne Umschweife, wie die Bibel es lehrt: ja oder nein?«

»Nein!« Valdemaros Schrei war so laut, dass zwei oder drei Arbeiter herunterschauten, um zu sehen, was neben den beiden Ochsen vor sich ging.

»Der Blitz soll mich treffen, wenn ich gelogen habe! Nein! Maestro, wir sind es nicht gewesen, weder ich noch die Viola. Die arme wird vermutlich soeben auf die Folter gespannt. Weder ich noch das Weib, weder in der Tat noch im Geiste!«

»Wer hat die Leiche gefunden?«

»Ich habe sie gefunden«, flüsterte Valdemaro leise, so dass Brunelleschi ihn kaum verstehen konnte.

»O weh!«, sagte der Maestro. »Das sieht gar nicht gut für euch aus. Und wie habt ihr ihn gefunden? Na los, erzählt es mir!«

»Im Morgengrauen, als ich in die Backstube hinuntergegangen bin, versteht ihr?«

»Von wo kamt ihr denn herunter? Von hier oben etwa? Euer Nachtlager befindet sich doch auf dem Gang im Hohlraum der Kuppel. Seid ihr etwa von hier bis zur Backstube von San Pierino geflogen?«

»Nein, mein Herr, nicht von hier.«

»Von wo dann?«

»Vom Zimmer aus. Das liegt genau über der Backstube.«

»Aha! Von wessen Zimmer?«

»Maestro, ihr macht euch lustig über mich. Ihr wisst genau, aus welchem Zimmer ich heruntergekommen bin.«

»So ist das also? Ihr ward im Zimmer der Bäckerin, und vielleicht sogar in ihrem Bett, habe ich nicht recht?«

»Jawohl.«

»Und der Bäcker, der Tote, ich meine, wo war er, während ihr ihm Bett und Frau stahlt?«

»Wo wohl! In der Backstube, die Brote in den

Ofen schieben. Schließlich ist es nicht meine Schuld, wenn die Bäcker des Nachts arbeiten müssen.«

»Nein, das nicht. Da habt ihr allerdings recht, das ist tatsächlich nicht eure Schuld. Aber dem Bäcker Hörner aufzusetzen, ihn zum Hirsch zu machen, der sich mit seinem Geweih in den Ästen des Waldes verfängt, wessen Schuld ist das?«

»Ihr macht euch einen Spaß daraus, mich zu quälen, mein Herr. Aber was kann ein Mann schon tun? Ihr habt doch die Viola gesehen, nicht wahr? Als ihr uns besuchen kamt, Hochwürden. Es gibt Männer, die ihr vielleicht widerstehen können, und andere, die es nicht können. Ich konnte nicht widerstehen, mein Herr. Schließlich bin ich kein Heiliger.«

»Nun, vom nicht Heiligen zum Mörder ist es kein geringer Schritt. Ihr seid also in die Backstube hinuntergegangen. Was wolltet ihr dort?«

»Es war Donnerstag, schließlich wollte ich den Topf mit dem *Peposo* und einen warmen Laib Brot aus dem Ofen holen. So habe ich das jeden Morgen gemacht. Bevor ich an die Arbeit ging, habe ich mir einen warmen Brotlaib aus dem Ofen geholt und ihn auf dem Weg zur Arbeit gegessen. Ich habe mir Hände und Magen daran erwärmt. Um diese Jahreszeit ist es bei Morgengrauen in diesen Gassen so kalt, dass einem die Nase abfallen könnte.«

»Verstehe. Außer der Frau und dem Bett habt ihr dem armen Giovanni auch noch das Brot geklaut. Sagt, wie habt ihr den Toten denn gefunden?«

Valdemaro schien zu zögern, dann sagte er:

»Er lag zusammen gekrümmt und mit verdrehten Augen auf dem Boden, die Zunge hing ihm aus dem Mund.«

»Und trotzdem habt ihr den Brotlaib genommen?«

»Nein, nein, den Brotlaib nicht. Abgesehen davon, dass ich in dem Moment anderes als den Brotlaib im Kopf hatte, es gab gar keinen fertigen. Sie lagen noch fein säuberlich auf dem Schieber aufgereiht auf dem Tisch und hätten nur noch in den Ofen geschoben werden müssen. Sie waren noch ungebacken. Giovanni hatte das Brot nicht in den Ofen geschoben, obwohl das Feuer angemacht worden war. Deshalb war der Ofen auch noch warm, doch das Holz war bereits zu Asche verbrannt. Der Ofen war aber leer. Außer dem großen Topf, den ich bereits am Vorabend hineingestellt hatte, befand sich nichts darinnen. Das ist alles, was ich weiss. Wollt ihr noch mehr wissen, mein Herr?«

»Ja, wie viel Uhr war es?«

»Das weiss ich nicht genau. Kurz vor Sonnenaufgang. Ihr wisst schon, wenn die Luft grau zu werden beginnt, die Vögel aber noch nicht singen. Obwohl sie bei dieser Kälte wenig Lust zum Singen haben. Die Glocke von Sant'Ambrogio hatte noch nicht zur Messe geläutet.[11] Daran kann ich mich noch erinnern, weil ich immer die Messe abgewartet habe, bevor ich aufgestanden bin.«

»Verstehe, eine Art vereinbartes Signal.«

»Ganz recht. Auch der Bäcker wartete, bis der Glöckner von Sant'Ambrogio die Glocke zur Messe schlug, um wieder ins Bett zu gehen. Meistens stieß ich am Fuße der Treppe auf ihn. Als wartete er auf mich, versteht ihr? Aber an jenem Morgen bin ich ein wenig früher aufgestanden, ich weiss auch nicht warum, vermutlich wegen der Kälte ...«

»Da sieh mal einer an. Seltsam. Und wie verhieltet ihr euch, wenn ihr euch am Fuße der Treppe begegnetet? Wie habt ihr euch beispielsweise verhalten? Habt ihr dem Bäcker einen gehörigen Faustschlag versetzt, wie damals, als ihr ihn auf den Holzstapel geschleudert habt?«

»Nein, mein Herr! Ihr müsst wissen, dass Giovanni in den vergangenen zwei Monaten damit begonnen hatte, sich in sein Schicksal zu fügen. Er stritt nicht einmal mehr mit Viola. Und mit mir ... Nun, er tat, als gäbe es mich nicht.

Als wäre ich nichts als ein Schatten, ein Gespenst. Im Grunde stahl ich ihm das Bett auch nicht. Um diese Zeit benötigte er es wegen seiner Arbeit ohnehin nicht. Und was die Frau betrifft ... Er wusste nur zu gut, dass er aufgrund der Trinkerei gar nicht mehr konnte. Der Wein hat solch eine Wirkung, wenn man sich nicht zügeln kann. Und was hätte eine schöne junge Frau wie Viola da tun sollen? Nonne werden? Sogar in der letzten Woche bevor ... nun ja, bevor... Als wir uns einmal von Angesicht zu Angesicht gegenüberstanden, hat er mir einen Gruß angedeutet. Und ich habe ihn erwidert. Ein Kopfnicken, ein Wink mit der Hand, warum hätte ich ihn auch nicht erwidern sollen? Im Grunde war der arme Giovanni ein braver Mann. Aber versucht einmal den Herren vom Bargello zu erklären, dass die Zeiten der Prügeleien vorbei und dass Frieden und gegenseitiger Respekt eingekehrt waren.«

»Wer's glaubt...«, schüttelte Brunelleschi zweifelnd den Kopf. »Schöner Respekt, wirklich. Doch Fakt ist, dass ihr seine Frau verführt habt und er plötzlich zu Tode gekommen ist. Und ihr habt den Toten auch noch gefunden. Und die Leute haben gesehen und gehört, wie der Bäcker seine Frau vor Eifersucht verprügelt hat. Übrigens, wo war das Weib zu dieser Zeit? Ich meine die Viola, während ihr in die Backstube gingt, um das Brot zu klauen ...«

»Ich habe das Brot nicht geklaut, mein Herr! Ich hatte mich mit dem Bäcker geeinigt. Ich bekam meinen Laib, und dafür legte ich ihm jede Woche einen Groschen auf den Tisch. Ich bin es nicht gewöhnt zu stehlen!«

»Nun gut, es gab also ein stillschweigendes und freundschaftliches Abkommen über das Brot und den Rest. Aber ich will wissen, wo die Bäckerin war?«

»Sie schlief tief und fest in ihrem Bett. Wie immer, wenn ich ging, habe ich sie schlafen lassen. Als ich zu ihr lief, um ihr zu sagen, dass ich ihren Mann tot auf dem Boden vorgefunden hatte, konnte ich sie nur mit Mühe wecken. Sie war so verschlafen, dass sie zunächst gar nicht verstand, worum es ging. Dann wollte sie es nicht glauben ...«

«Ich verstehe nicht, warum ihr nicht einfach stillschweigend verschwunden seid. Hätte jemand anderer den Toten gefunden, wäret ihr jetzt aus dem Schneider.«

»Wie recht ihr doch habt, mein Herr. Hätte ich das nur getan! Mein Fehler war, Viola etwas davon zu erzählen. Sie wollte nicht glauben, dass er tot war. Sie dachte, er hätte wegen der großen Kälte oder dem übermäßigen Wein einen Schlaganfall erlitten und das Bewußtsein verloren ... Ihr wisst ja, wie die Frauen sind. Sie wollen sich immer selbst von allem überzeugen. Also ist sie im Nachthemd hinuntergegangen und hat ihm das Herz abgehört. Dann hat sie angefangen zu schreien und zu weinen. Sie hat um Hilfe geschrieen. Nun, sie hat sich so gebärdet, dass die Nachbarn herbeigelaufen kamen. Und nach den Nachbarn kamen dann die Schergen.«

»Wann hat man Viola verhaftet?«

»Gestern. Im Morgengrauen ist sie abgeholt worden. Ich war nicht da, eine Nachbarin hat es mir erzählt.«

»Abgesehen von der Hexerei, denn an Ammenmärchen glaube ich nicht, frage ich euch noch einmal: Seid ihr es gewesen?«, insistierte Brunelleschi.

»Nein und abermals nein!« Valdemaro legte sich die Hand aufs Herz.

»Wollt ihr, dass ich es schwöre? Es bei Gott bezeuge! Auf den Kopf meiner Mutter beschwöre ...!«

»Lasst eure arme Mutter aus dem Spiel. Sie hatte schon genügend Last damit zu tragen, euch zur Welt gebracht zu haben. Also schön, vielleicht seid ihr es tatsächlich nicht gewesen. Vielleicht bin ich ja bereit, euch Glauben zu schenken. Ich werde sehen, was ich für euch tun kann. Nun geht wieder an eure Arbeit.«

Kapitel VIII

Noch am selben Tag besuchte Brunelleschi nach der Arbeit seinen Freund, den Mathematiker Toscanelli, einer der Mitglieder jenes engen Freundeskreises, der sich manchmal traf, um über alles mögliche zu diskutieren. Was seine Kenntnisse und Ratschläge zu Problemen der Perspektive betraf, so hatte Toscanelli sich seinen Künstlerfreunden gegenüber immer recht großzügig gezeigt – besonders dem jungen Masaccio war er sehr zugeneigt. Manchmal überraschte Toscanelli den ganzen Kreis damit, dass er aus seinem großen Kopf wie aus einem Füllhorn Kenntnisse über Kulturen der Antike, nicht nur der griechischen und römischen, sondern auch der orientalischen zog. Es hieß, dass er unzählige Sprachen beherrschte, darunter auch Chinesisch. Sicher war, dass er Ideogramme entziffern konnte. Davon hatten sich die Freunde eines abends überzeugen können, als sie ihm dabei zuhörten, wie er einen chinesischen Text über Geometrie vorlas. Doch angesichts der Schwierigkeiten, in die er geraten war, hoffte Brunelleschi vor allem von Toscanellis enger Freundschaft zum Gonfaloniere der Justiz profitieren zu können.

»Genau so ist es«, sagte Toscanelli, nachdem sein Freund der Architekt ihm von dem Fall berichtet hatte. »Dein Vorarbeiter muss ein kluges Köpfchen sein, selbst wenn sein kräftiger Leib den Großteil seiner Lebenskräfte verbraucht. Für die Justiz ist die Hexerei ein gefundenes Fressen. Meistens haben diejenigen, die sich mit Verbrechen auseinandersetzen, nur wenig Herz und Verstand. Das ist aber durchaus verständlich, denn hätten sie mehr Hirn, würden sie sich nicht mit Ermordeten und anderen Schurkereien, sondern mit anderen Dingen beschäftigen. Und hätten sie mehr Herz, würden sie nicht so eifrig versuchen, Menschen hinter Schloss und Riegel zu bringen, von denen es mehr als zweifelhaft ist, ob sie die Tat überhaupt begangen haben. Falls nicht, wie im Falle von Magie oder Hexerei, gänzlich daran zu zweifeln ist, ob das Delikt *in rerum naturae* überhaupt begangen worden ist. Erscheint diesen Leuten – die überall das Böse wittern und, öfter als man glauben möchte, ganz natürliche Vorgänge für ein Verbrechen halten – ein Ereignis an sich geheimnisvoll, im Sinne der Ursache, die es hervorgerufen hat, so sind sie überglücklich, wenn sie es einer ebenso geheimnisvollen dunklen Macht und deren irdischen Buhlteufeln zuschreiben können. Mit der Metaphysik des Teufels lässt sich alles mögliche erklären, da muss man sich nicht allzu sehr den Kopf zerbrechen. Hat eine Angelegenheit metaphysischen Charakter, ist sofort alles klar: Für jedes außergewöhnliche Vorkommnis, das sich mit der Banalität des Lebens nicht erklären lässt, indem man es für etwas erklärt, das nicht zum menschlichen gehört, lässt sich sofort der Vater, nämlich der Teufel finden, und die Mutter gleich dazu: In diesem Fall die Hexe. Nichts ist leichter, als den Beweis dafür zu erbringen, dass eine Frau eine Hexe ist. Noch dazu, wenn sie schön ist und sich leichtfertig vergibt.«

Der Mathematiker nahm sein Kinn in die Hand, wie er es immer tat, wenn er drauf und dran war, einen seiner originellen Denksprüche zum besten zu geben.

»Es ist schon etwas dran, dass die Frauen die Männer verrückt machen. Man denke nur an Donna Eva, die erste Frau. Ich glaube, Frauen wissen das und gestehen manchmal ganz von alleine die Hexerei ein, auch ohne gefoltert zu werden. In erster Linie sind sie davon überzeugt, Hexen zu sein. Irgendwie ist das ihre Rache ...«

»Rache? Für was?«, fragte Brunelleschi.

»Dafür, dass sie den Männern unterlegen sind. Darum haben sie manchmal das Bedürfnis, sich zu rächen, und um Rache zu erlangen, glauben sie, den Teufel als Verbündeten zu haben. Aber in meinen Gleichungen habe ich den Teufel noch nirgendwo entdeckt. Und falls es ihn tatsächlich gibt, hätte er wohl besseres zu tun, als sich um uns zu kümmern. Da gilt es ein ganzes Universum auf den Kopf zu stellen, ich glaube nicht, dass er die Zeit hätte, sich um uns Menschlein zu scheren.«

Brunelleschi lächelte, obwohl er wusste, dass eine solche Äußerung in der Öffentlichkeit gereicht hätte, um ihn, den großen Mathematiker, als Ketzer zu brandmarken.

»Ich weiss nicht, was du dir vom Gonfaloniere der Justiz erhoffst«, fügte Toscanelli hinzu und ging damit zum aktuellen Thema der Konversation über. »Der Gonfaloniere ist zwar mein Freund, er schätzt mich und ist ziemlich intelligent, doch er befasst sich nicht mit Delikten. Mein Freund kümmert sich eher um die Politik. Die Ermittlungen und Prozesse überlässt er einem Dominikanermönch, Gehilfe des Volksführers. Dieser Mönch ist so schwer von Begriff, dass es so etwas kein zweites Mal auf Erden gibt. Er kommt vom Lande, dieser Herr sowieso. Ich weiss nicht, wie er heißt. Das Schlimme ist nur, wenn er wenigstens wüsste, wie dumm und einfältig er tatsächlich ist, besäße er vermutlich die Klugheit, auf die zu hören, die mehr als er davon verstehen. Er hingegen denkt, ein reger Geist zu sein und die Ratschläge anderer nicht nötig zu haben. Er bildet sich sogar ein, ein gebildeter Mensch zu sein, mehr muss ich Dir wohl nicht dazu sagen. Obwohl er gerade recht und schlecht den Griffel halten kann – ich vermute, dass er erst kürzlich lesen und schreiben gelernt hat –, und obwohl er in seinem ganzen Leben einschließlich des Evangeliums nicht mehr als drei Bücher gelesen hat, was außerdem gegen die Regeln seines Ordens verstößt, der von seinen Mönchen verlangt, dass sie stets ein Buch zur Hand haben, hat er ein Büchlein voller grammatischer Fehler zum Thema Hexerei geschrieben, in dem er mit vordergründiger Beweisführung jedes Vergehen dieser Welt als Akt des Bösen abtut und jeder Übeltäter demnach vom Teufel besessen ist. Wenn dieser Mönch zu der Überzeugung gelangt, dass der Bäcker von San Pierino ermordet worden ist und sein Tod das Werk von Hexerei war, befürchte ich, gibt es nur wenig Möglichkeiten. Er hat eine seltsame Untersuchungsmethode: In seinem ungebildeten Verstand gelangt er zuerst zu einer völlig subjektiven Meinung. Konkrete Beweise für die Schuld sind reine Nebensache; sind sie vonnöten, kannst du dir vorstellen, mit welchen Mitteln sie erbracht werden.«

»Ich habe mich mehr mit dem Herzen als dem Verstand von Valdemaros und Violas Unschuld überzeugen lassen und bin mir sehr wohl darüber bewusst, dass ich einem fast unbesiegbaren Gegner gegenüberstehe. Ich hätte gerne mehr Einzelheiten zu dem Fall«, sagte Brunelleschi. »Denn ich befasse mich nur ungern mit Dingen, die ich allein vom Hörensagen kenne. Wenigstens die Leiche würde ich gerne sehen«.

»Ausgezeichnet!«, rief Toscanelli und berührte seinen Freund an der Schulter, um ihm seine Zustimmung auszudrücken. »Das nenne ich Verstand haben. Die erste Abhandlung zur Untersuchung von Kriminalfällen wurde vor dreihundert Jahren von einem chinesischen Gelehrten verfasst und rät, zuallererst die Leiche und dann den *Locus commissi delicti,* also den Tatort zu inspizieren. Dabei kann ich dir gerne behilflich sein, der Gonfaloniere wird mir eine derartige Lappalie gewiss nicht ausschlagen.«

»Wie der andere habt auch Ihr Gefallen daran, Tote zu zeichnen. Ich weiss nicht, was Ihr daran findet«, sagte der Hellebardier des Rathauses. Auf seine Hellebarde gestützt sah er dem Maestro über die Schulter auf die Zeichnung.

»Welcher andere?«, fragte Brunelleschi.

»Der andere Maler. Ich weiss nicht, wie er heißt. Vor ein paar Monaten kam er täglich in dieses stinkende Kellerloch, um Leichen zu zeichnen.« Mit kritischem Blick schien er die schlichte Erscheinung des Maestros zu begutachten. »Ein kräftig Mann, groß und stark, in feines Wollgewand gekleidet und mit einer eleganten Bundhaube, einem Mazzocco[12] auf dem Kopf. In seinem brokatgefütterten Samtmantel sah er wie ein Prinz aus. Er hatte langes, wallendes Haar und einen durchdringenden Blick.«

»Verstehe«, sagte Brunelleschi, »Leonardo«.

»Ja, richtig. Ich glaube einer, der ihn hier mal besuchen kam, hat ihn so genannt.«

Nachdem der Maestro dem Wächter seine vom Gonfaloniere unterschriebene Erlaubnis gezeigt hatte, machte er sich daran, den in den Kellergewölben des *Bargello* auf einem von zwei

Holzböcken getragenen Tisch aufgebahrten Leichnam des Bäckers zu zeichnen.

»Wenn ihr wollt«, flüsterte der Wächter Brunelleschi ins Ohr, »kann ich ihm die Haut von den Schultern, Armen oder wo ihr sonst noch wollt abziehen, dann könnt ihr wie dieser andere die nackten Muskeln zeichnen.«

Brunelleschi schauderte ein wenig. Er hielt sich in angemessener Entfernung des Kadavers, von dem starker Verwesungsgeruch ausging.

»Nein, danke.«

»Es kostet euch nicht viel. Nur so viel, wie der andere mir gegeben hat. Einen Groschen.

»Ich sagte, nein.«

»Der andere konnte besser zeichnen als Ihr!« Der Wächter schielte verstohlen auf die Zeichnung und verzog angeekelt das Gesicht.

»Das glaube ich gern«, sagte Brunelleschi beifällig.

»In eurer Zeichnung ist keine klare Linie zu erkennen. Sie sieht noch nicht einmal wie die Zeichnung eines toten Menschen aus. Eher wie eine Stadtkarte.«

»Das liegt daran, dass ich ein anderes Ziel als Leonardo verfolge«, antwortete der Maestro.

»Welches Ziel?« fragte der Wächter.

»Mir geht es nicht darum, die Realität abzubilden. Ich suche nach etwas anderem.«

»Nach was?«

»Ich möchte wissen, wer ihn ermordet hat.«

»Aber man weiss doch, wer ihn ermordet hat. Die Hexe ist's gewesen. Diese Hexenhure von San Pierino. Alle wussten, dass sie eine Hexe war. Sie hat ihn verhext, und er ist gestorben. Was muss man da noch lange suchen?«

»Würdet ihr so freundlich sein, und den Kadaver mit dem Bauch nach unten drehen, damit ich seinen Rücken zeichnen kann?«, fragte Brunelleschi.

Der Wächter tat, als hörte er ihn nicht, und sah unbeteiligt zur Decke. Der Maestro zog eine bronzene Münze aus der Tasche, die um seine Hüften baumelte. Zwischen Daumen und Zeigefinger hielt er sie ihm hin. Sofort griff die Hand des Hellebardiers zu, dann packte er die Leiche an den Schultern und hebelte sie grob mit dem Arm um. Der Körper des Bäckers drehte sich schlaff wie in einen Topf gegossene Polenta. Brunelleschi trat ein Stück näher heran und hielt sich den Saum seiner Kutte vor die Nase.

»Genau das hatte ich mir gedacht«, sagte der Maestro zu sich selbst und fing wieder zu zeichnen an.

Diesmal war es schwieriger hineinzugelangen. Ein Wächter hielt die Schaulustigen vom ‚Hexenofen' fern, wie das Volk die Bäckerei von San Piero inzwischen nannte.

»Wollt ihr so gütig sein und dieses Schriftstück lesen«, sagte Brunelleschi und hielt dem Wächter die vom Gonfaloniere der Justiz unterschriebene Erlaubnis unter die Nase. »Nun lest schon, verflixt noch mal.«

»Ich kann nicht lesen.«

»Ihr werdet doch wenigstens das Siegel des Gonfaloniere wiedererkennen! Ist das das Siegel des Gonfaloniere oder nicht?«

»Das ist sein Siegel.«

»Na also. Ich werde euch vorlesen, was auf der Erlaubnis steht. *„Hiermit ordne ich an, dem Überbringer dieses Schreibens, dem ehrwürdigen Filippo Brunelleschi freien Zutritt sowohl zu dem Orte, an dem der Leichnam des ermordeten Bäckers, des Herren Giovanni Lascialfari, aufgebahrt ist, als auch dem Orte, an dem das Verbrechen verübt worden ist, zu gewähren. Florenz, den et cetera, et cetera"* Also schön! Ihr wollt doch nicht etwa die Anordnung des Gonfaloniere missachten?«

»Ich weiss nur, dass ich die Anordnung habe, niemanden an den ‚Hexenofen' heranzulassen. Ich kenne meine Befehle. Anderes ist mir nicht bekannt. Vielleicht steht auf dem Blatt, das ihr mir zeigt, tatsächlich das, was ihr mir vorgelesen habt, vielleicht aber auch nicht.«

Die Unterhaltung war durch die starrköpfige Weigerung des Wächters wie ein Schiff, das auf eine Untiefe aufgelaufen ist, ins Stocken geraten, als sich ein Dominikanermönch, ein „Hund Gottes", wie das Volk die Mitglieder dieses Ordens nannte, näherte. Doch diesen Namen hatte man ihnen eher wegen des Schutzes des Wahren Glaubens als wegen ihrer schwarz weissen Kutten gegeben, die von weitem wie das Fell eines Schäferhundes aussahen. Der Mönch war klein, mittleren Alters und hatte ein eckiges Bauerngesicht. Mit seiner rechten Hand spielte er unaufhörlich an dem hölzernen Kreuz, das am Ende seines Rosenkranzes herabhing, den er um die Hüften gebunden hatte, und das ständige Lächeln, welches seine Lippen umspielte, sollte so viel bedeuten wie »ich bin der Schlauste von euch allen«.

»Gelobet sei Jesus Christus«, murmelte der Mönch lächelnd.

»In Ewigkeit, Amen«, erwiderte der Wächter.

»Dürfte ich dieses Schriftstück einmal sehen?«,

fragte der Ordensbruder und streckte seine Hand aus. Brunelleschi reichte ihm die Erlaubnis.

»Nichts dagegen einzuwenden«, sagte der Mönch lächelnd und entblößte dabei seine verfaulten Zahnstumpen. »Das ist zweifelsfrei vom Gonfaloniere persönlich unterschrieben worden. Wer seid ihr?«

»Das steht hier. Filippo Brunelleschi.«

»Brunelleschi? Doch nicht etwa der Architekt?«

»Höchstpersönlich«, schnaubte der Maestro.

»Welch eine Ehre!«, sagte der Mönch. »Was sucht ihr hier?«

»Ich möchte nur einen Blick auf diesen Ort werfen. Doch der Wächter verweigert mir den Zutritt. Und wer seid ihr?«

»Die Kutte, die ich trage, gibt Auskunft darüber, wer ich bin«, antwortete der Mönch und lächelte mild, um sein hochmütiges Auftreten etwas zu mäßigen. »Ich bin mit dem undankbaren Auftrag der Jurisdiktion und Aufsicht über diesen von Gott verdammten Ort betraut. Eine Bürde, die mir vom Volksführer übertragen worden ist, dessen Gehilfe ich bin. Wenn ihr meinen Namen wissen wollt, ich bin Rigatti, Bruder Cesare Rigatti.«

»Verstehe«, sagte Brunelleschi und dachte nur, da hätten wir dich also.

»Gut«, sagte der Mönch und öffnete mit einem großen Schlüssel, den er aus seiner Kutte gezogen hatte, die Tür zur Backstube. »Der Eintritt ist frei, verehrter Architekt. Ihr habt doch nichts dagegen, wenn ich euch den Weg weise?« Dann wandte er sich dem Wächter zu. »He du, bring eine Fackel!«

Brunelleschi zeichnete geheimnisvolle Kreise auf die Rückseite des Blattes, auf der sich die Skizze des Kadavers befand.

»Ich hatte euch schon einmal gebeten, nicht zu nahe zu treten«, sagte der Mönch und lächelte traurig wie jemand, der seinen Gast auf frischer Tat ertappt hatte. »Halt!«, befahl er schließlich, »zum Wohle eurer Seele! Berühret nichts!«

Brunelleschi wischte sich die Finger an seiner Kutte ab, mit denen er den Tisch voller Mehl berührt hatte.

»Hat irgendjemand etwas verändert, seit dem Tag, an dem man die Leiche entdeckt hat?«

»Gott bewahre! Niemand!«, antwortete der Mönch. »Auf meinen Befehl! Niemand darf in dieser Backstube des Teufels etwas berühren, solange ich nicht den Befehl gebe, alles abzutransportieren und samt der Hexe auf dem Scheiterhaufen zu verbrennen. Jedes Stück hier wurde vom Feinde Gottes verdorben! Jedes Teil strahlt Böses aus und hängt sich wie die Pest an jeden ahnungslosen Neugierigen! Und sagt bitte nicht, ich hätte euch nicht gewarnt!«

Im Lichte der Fackel, die der Wächter an

einem Ring in der Wand befestigt hatte, betrachtete Brunelleschi den Tisch, der fast den ganzen Raum einnahm und auf dem immer noch die rohen, von der Hefe aufgequollenen Brotlaibe lagen, die mit der Zeit ein trauriges, zementfarbenes Aussehen angenommen hatten.

»Und dieser umgekippte Hocker, die leere Weinflasche und der Topf auf dem Tisch standen schon so da, als man die Leiche fand?«

»Natürlich«, antwortete der Mönch. »So wie alles andere auch«.

»Und diese beiden parallelen Rillen bei dem Hocker, die auf dem Tisch Spuren im Mehl hinterlassen haben?«

»Wenn ich sage alles, warum fragt ihr mich dann noch?«

»Und sagt mir«, rief Brunelleschi und fuhr eilig zu zeichnen fort, »die Einhöhlung dort oben über dem Ofen, von der aus der große Stein heruntergerollt sein muss, der vorher die Holztür hielt, die den Ofen verschließt, zu was ist die eurer Ansicht nach gut?«

»Zu was sie gut ist?«, fragte der Mönch und lächelte mild. »Dort legt man das alte Brot ab, damit es warm bleibt, austrocknet und zu Zwieback wird. Wie ich sehe, kennt ihr die ländlichen Bräuche nicht. In meinem Dorf bewahrten meine Verwandten das alte Brot viele Wochen lang so auf.«

»Ihr hingegen versteht euch auf die ländlichen Bräuche, wie ich sehe. Und von welchem Körper wurden eurer Meinung nach genau unter dem Oberofen diese Spuren im Mehl am Boden verursacht?«, fragte Brunelleschi.

»Ich verstehe nicht, weshalb ihr euch mit solchen Kleinigkeiten aufhaltet. Der Abdruck zeigt exakt den Punkt, an dem die Leiche gelegen hatte. Ihr werdet sicher bemerkt haben, dass es keinerlei Blutspuren gibt, obwohl man weiss, dass die Mörderin sich nach erfolgtem Tode dem Getöteten genähert hat. Tritt der Leiche Blut aus dem Mund oder anderen Körperöffnungen, sobald der Mörder sich ihr nähert, ist das ein Beweis für seine Schuld. Doch selbst wenn das nicht geschieht, ist das noch lange kein Beweis für seine Unschuld, wie ihr selber wisst. Was gibt es da zu grinsen?«

»Ich dachte soeben daran, wie ihr es wohl anstellen wollt, die beiden Öffnungen, den Ofen und den Oberofen zu verbrennen«, sagte Brunelleschi.

»Glaubt nur nicht, ich wüsste nicht, wessen Hintern ihr zu retten versucht, ehrwürdiger Architekt. Wir wissen über alles Bescheid, mit Hilfe Gottes finden wir alles heraus. Euer Untergebener, dieser Valdemaro, wird nicht durch euren Schutz gerettet werden können.« Diesmal huschte ein grimmiges Grinsen über das Gesicht des Mönches. »Und wir werden keine Öffnungen verbrennen. Wir werden sie allenfalls vernichten lassen. Nicht nur den Backofen, sondern auch das Zimmer dieses liederlichen Weibes, die Treppe und schließlich das ganze Haus. Kein Stein wird von diesem gottverdammten Hause übrigbleiben.«

»Amen«, seufzte Brunelleschi.

»Antwortet mir ohne Umschweife und ohne Zeit zu verlieren, denn Zeit haben wir nicht. In ein paar Stunden werden sie eure Viola auf das Rad spannen«, sagte Brunelleschi zu Valdemaro. »Wenn ich richtig verstanden habe, hatte sie auch andere Affären, bevor sie sich mit den Brennern und vor allem mit euch eingelassen hat. Diese Bäckerin gehörte bestimmt nicht zu den Frauen, die Spinnweben ansetzen ...«

Der Deutsche wischte sich den Schweiß von der Stirn und überlegte.

»Jetzt, da ihr es erwähnt, hat Viola mir einmal gestanden, von jemandem bedroht worden zu sein. Ich wollte wissen, wer derjenige war und sagte ihr, dass ich die Sache regeln würde. Doch sie wollte es mir nicht sagen, sie wollte alleine damit fertig werden ... Aus bestimmten Worten habe ich dann herausgehört, dass es sich um einen Soldaten, einen Söldner handeln musste. Ich habe einen Freund, der ist Landsknecht und garnisoniert hier in der Stadt.«

»Dann hört euch um, aber beeilt euch. Ich gebe euch den Rest des Tages frei. Ihr könnt sofort losgehen und den Freund treffen. Ich möchte alles über den Soldaten erfahren: Vor allem, wie groß er ist, ob er über genügend Kraft verfügt, um einen Menschen hochzuheben, was für einen Charakter er hat ... Einfach alles. Auf was wartet ihr noch? Nun geht schon!«

Kapitel XIII

»Ich habe euch aufmerksam zugehört, und das nicht nur aufgrund der Fürsprache eures Freundes«, sagte der Gonfaloniere.

Der Gonfaloniere warf Toscanelli einen Blick zu, der die Unterredung zwischen dem Maestro und dem ehrwürdigen Agnolo Degli Albizi, Gonfaloniere der Justiz der Stadt Florenz in dessen Privatzimmer verfolgte. Der Raum, der sich in einem verborgenen Winkel des Turmes des Palazzo Vecchio befand, war mit Eichenholz getäfelt und durch die wenigen Zwischenräumen, welche die Bücher in den Regalen ließen, waren wunderschöne Einlegearbeiten zu erkennen, auf denen Plätze der Stadt und Musikinstrumente abgebildet waren.

»Wenn ein ehrlicher Bürger von hoher Intelligenz - wie ihr es zweifellos seid, ehrlich und intelligent - darum bittet, in einer rechtlichen Sache gehört zu werden, so ist es meine Pflicht, ihn anzuhören. Ich möchte sogar behaupten, dass eure Rekonstruktion des Verbrechens, des Motivs, des Zweckes, des Umstandes und des Mittels nicht nur Zeichen eures außergewöhnlichen Genies ist, das ihr anderweitig zu Genüge unter Beweis gestellt habt, sondern eure Ausführungen scheinen mir vernünftig und überzeugen mich mehr als die andere Hypothese, die zu diesem Falle aufgestellt worden ist. Doch wie ihr wisst, darf man in rechtlichen Fragen nicht immer nur dem Verstande folgen. Im Gegenteil, äußerst selten kommt es vor, dass die Lösung auch den Verstand befriedigt, wie es beispielsweise in den Lehrsätzen der Geometrie oder einer mathematischen Gleichung der Fall ist.

Der Gonfaloniere neigte leicht seinen Kopf zu Toscanelli, der ihm lächelnd beipflichtete.

»Exakte Wissenschaften«, fuhr der Gonfaloniere fort, »haben in der Welt der Justiz nichts verloren, in die ihr zum ersten Male, wie ich vermute, mit euren Zirkeln, Winkeln und euren Zeichnungen eingedrungen seid.«

Der ehrwürdige Degli Albizi spielte auf ein Blatt an, das offen auf dem Tisch lag und von Brunelleschi zur Verdeutlichung seiner Folgerungen vorgelegt worden war.

»Wenn ein Verbrechen begangen wird«, fuhr der Gonfanoliere fort, »setzt sich sogleich eine Apparat in Bewegung, dessen Untersuchungsmethoden dem logischen Verstand nicht immer zugänglich sind. Ich spreche von der Stimme der Öffentlichkeit und den Erwartungen, die dem allgemeinen Empfinden entsprechen. Ich spreche von den Männern, die von der Stadt beauftragt wurden, das Geheimnisvolle zu erklären, Männer, die zuallererst dieses allgemeine Empfinden deuten müssen. Nun, in eurem Falle ist wohl ersichtlich, dass das Benehmen dieser gewissen Viola recht skandalös gewesen sein muss. Diese Tatsache kann nicht abgestritten werden, und ihr selbst streitet sie nicht ab, sondern betrachtet das Verhalten des Weibes, wenn auch nur indirekt, als Ursache für die Ermordung des Bäckers. Wie man weiss, zieht ein Skandal den nächsten hinter sich, einer Sünde folgt fast immer eine schlimmere. Zumindest empfindet das Volk es so. Im Grunde hat jeder das Gefühl, die eigentliche Kränkung, den Ehebruch, unter dem der Bäcker zu leiden hatte, am eigenen Leib erfahren zu haben. Und jeder einzelne erwartet, dass diese Kränkung durch die Bestrafung der Täterin – oder des Täters – gerächt wird. Genau das ist unsere Überlegung, beziehungsweise die Überlegung der Männer, die mit der Bestrafung beauftragt worden sind. Alles andere ist nebensächlich.

»Und dennoch geht es in unserem Falle nicht um Ehebruch, sondern um Mord. Bei allem Respekt frage ich euch: Kann das allgemeine Empfinden, auf das sich eure Männer der Justiz beziehen, auch ausreichend auf die Frage des ‚Wie' antworten? Meine rein aus dem Verstande entstandene Rekonstruktion erklärt das *quo modo,* also wie der Bäcker ermordet worden ist. Kann man das auch von eurer Hypothese behaupten, wie ihr sie zu nennen pflegt?«, fragte Brunelleschi.

»Lest selbst«, sagte der Gonfaloniere und reichte dem Maestro ein pedantisch ordentliches und in winziger Schrift beschriebenes Dokument. »Das ist der Bericht, der mir zu dem Fall vorgelegt worden ist. Ihr werdet sehen, dass auch hier das ‚Wie' in allen Einzelheiten erläutert wurde.«

Brunelleschi überflog rasch das Schriftstück und wusste, dass der Gonfaloniere gegen das Gesetz verstieß, indem er es ihm zu lesen gab, und damit das Untersuchungsgeheimnis verletzte. Und er wusste, dass er dies als extremen Vertrauensbeweis zu werten hatte. Als Brunelleschi zum interessanten Teil kam, fing er laut vorzulesen an, damit sein Freund Toscanelli sich nicht ausgeschlossen fühlte:

»... *Nach Stimme des Volkes haben sich obengenanntes Weib, eine gewisse Marietta und andere unbekannt gebliebene Personen an Schwarzen Messen beteiligt und gestattet, dass ihre nackten Körper zum Altare dienten. Einen Monat vor dem Tode des ehrwürdigen Lascialfari, haben obengenannte Viola und obengenannte Marietta, beide nur mit einer geweihten Stola bekleidet, die sie aus der Sakristei der nahegelegenen Kirche von Sant' Ambrogio gestohlen hatten, den obengenannten Giovanni Lascialfari mit Weihwasser besprengt, Räucherkerzen angezündet, Weihrauch verbrannt und ihm einen Teil des Markusevangeliums falsch herum vorgelesen, nachdem sein Weib ihm einen Zaubertrank in den Wein gegeben und er infolgedessen eingeschlafen war. Hinterlistig haben sie daraufhin ein Säckchen mit zwei Taubenherzen in die Hosen des obengenannten Giovanni eingenäht. Dieselben Zeremonien und Hexereien wurden an den Tagen vor dem Tode des Bäckers Lascialfari zwei- oder dreimal wiederholt. Beim letzten Male gaben obengenanntes Weib und obengenannte Marietta die beiden Taubenherzen samt eines Zauberspruches, ein paar Zeilen aus einem Kirchgesang und einer kleinen Hostie in eine Bronzeschachtel. Am selbigen Tage sagten obengenannte üble Weiber dem Lascialfari das ‚Veni creator' auf, nachdem beide Hexen ihn mit demselben Zaubertranke der Sinne beraubt, einen mit schwarzen Tüchern drapierten Altar errichtet und mit schwarzen Kerzen erleuchtet hatten ...«*

»Einwandfrei«, schloss Brunelleschi die Lektüre, »detaillierter hätte man das *quo modo* nicht aufführen können.«

Der Maestro reichte dem Gonfaloniere das Dokument und sah ihm dabei direkt in die Augen. Der ehrwürdige Degli Albizi wich ihm aus und senkte den Blick. Zögernd und voller Verlegenheit nahm er das Blatt wieder an sich. Er schien sich zu schämen.

»Ich muss wohl nicht erst hinzufügen«, sagte der Gonfaloniere mit einer Stimme, die eine gewisse Unzufriedenheit erkennen ließ, »dass obengenannte Marietta bereits geständig ist. Bei der Frau handelt es sich um ein einsames, zerlumptes Weib, das auf den Stufen von Sant' Ambrogio gebettelt hat.«

»Darauf hätte ich wetten können«, sagte Brunelleschi ebenso betrübt.

Toscanelli lächelte, als wäre ihm ein lustiger Gedanke durch den Kopf gegangen.

»Ich habe eine Idee, die nicht sehr viel mit dem Verstand zutun hat«, sagte er. »Wenn bei diesen Angelegenheiten tatsächlich die Vernunft beiseite gelassen werden muss, könnte man genauso gut ein Experiment wagen.«

Er erklärte dem Gonfaloniere, dass er anordnen könnte, die von Brunelleschi verdächtigte Person – einen spanischen Söldner, der seit zwei Jahren in der Stadt in Garnison lag – zu zwingen, sich der Leiche des Ermordeten zu nähern. Wäre aus dem Kadaver Blut getreten, hätte man gleichzeitig den Beweis für seine Schuld erbracht, den die Justiz fast gleich einem Geständnis für absolut gültig erachtet hätte. Bei positivem Ergebnis hätte dies zumindest die Beweise gegen Viola aufgewogen.

»Warum nicht?«, sagte der Gonfaloniere erleichtert und wechselte mit Toscanelli einen Blick, der Brunelleschi voller Einverständnis, ja fast komplizenhaft erschien. »Das ließe sich machen.«

»Ich weiss nicht, was du im Schilde führst«, sagte Brunelleschi zu seinem Freund Toscanelli, als sie den Palazzo verließen. »Aber was immer es ist, ich habe das Gefühl, dass es mir nicht gefallen wird. Ich glaube nicht, dass ich in der Lage sein werde, euch zu helfen.«

»Das weiss ich und habe es mit eingeplant, schließlich kenne ich deine Rechtschaffenheit«, sagte Toscanelli. »Glücklicherweise hast du Freunde, die bereit sind, tausenderlei anderer Wege zu gehen, wenn sie den geraden nicht beschreiten können.«

»Was für Freunde?«, fragte der Maestro.

»Ich denke beispielsweise an den jungen Masaccio«, antwortete Toscanelli. »Er verfügt über ausreichend Phantasie und ist verrückt genug, um die Sache in die Hand zu nehmen. Du musst dich nicht darum kümmern, deine Bedenken würden das ganze nur gefährden.«

Masaccio hatte die Szene bis ins kleinste Detail geplant: Über eine dunkle, steile Wendeltreppe erreichte man die Kellergewölbe des Bargello. Nach der letzten Treppenwende gelangte man in einen von unzähligen Wachskerzen erhellten Raum, die einen blendeten, sobald man aus der Dunkelheit trat. Hatte man sich erst an das Licht gewöhnt, erhob sich vor dem Blick das Leichengerüst des Toten, der völlig nackt auf einem alten, etwas erhöhten Tisch lag, der wie ein von Kerzen umgebener Altar wirkte. Die Leiche lag auf dem Rücken, und ihre glasigen, weit aufgerissenen Augen starrten an die Decke des unterirdischen Gewölbes. Um das Leichengerüst waren schneeweiße Laken gespannt, die das Licht reflektierten und einen gespenstischen Schein auf den leblosen Körper warfen, der ihn noch unheimlicher erscheinen ließ. Masaccio hatte einen Lautenspieler und einen Flötisten angeworben, welche die zweifache Aufgabe hatten, gleichzeitig Zeugen zu sein und im rechten Moment einen Totentanz zu spielen. Masaccio selbst hatte sich als Inquisitor verkleidet, trug einen langen schwarzen Überrock, einen Hut mit Krempe, der ihm bis über die Ohren reichte, ein riesiges Kreuz um den Hals und hielt in einer Hand die Bibel, in der anderen eine Kerze. Er hatte dem Wächter angeordnet, sich in Galauniform zu präsentieren. Der Soldat der florentinischen Republik stand bewegungslos am Kopfende des Leichengerüstes, neben dem Kopf des Toten, und trug weiß rot gestreifte Hosen, einen Harnisch, der unter der mit der florentinischen Lilie bestickten *Pazienza*[13] hervorblitze, ein Schwert und die Hellebarde.

Brunelleschi hatte seine Arbeitskutte gegen einfache, aber weite, keinesfalls zu enge Wollbekleidung eingetauscht. Als er das Kellergewölbe betrat, schüttelte er angesichts dieser Maskerade nur den Kopf. Masaccio antwortete ihm mit einem schelmischen Grinsen und zwinkerte ihm zu.

»Dies irae, dies illa ...« psalmodierte Masaccio.

»Was für eine Hanswursterei, wahrlich eines Gianni Schicchi[14] würdig«, flüsterte Brunelleschi und verzog dabei den Mund. »Denk daran, dass Dante ihn in die Hölle geschickt hat.«

»Wenn ich zur Hölle fahre, dann wir alle. Der Zweck heiligt die Mittel«, lächelte Masaccio und schien sich prächtig zu amüsieren. Brunelleschi setzte sich auf einen der Stühle, die an einem Ende des Leichengerüstes aufgestellt waren. Toscanelli, der kurze Zeit darauf gekommen war, belegte einen weiteren Stuhl. Der Gonfaloniere, der von fünf Soldaten und einem Notar begeleitet wurde, setzte sich auf den dritten Stuhl. Am Fuße des Leichengerüstes sahen die drei Herren wie Richter bei einer Audienz aus.

Von der Treppe war ein rasselndes Geräusch und Getrampel zu hören. Am Fuße der Treppe erschien von zwei Wächtern am Arm gehalten der Spanier. Er war klein, aber stämmig, und die

Lederrüstung, die sich über Brust und Schultern spannte, zeigte, dass er ungewöhnlich kräftig gebaut war. Das Trio blieb kurz im Schein des Lichtes stehen. Der Spanier zwinkerte mit den Augenlidern.

»*Valgame Dios! Yo no soy cupable!*«

Die beiden Soldaten schubsten ihn mit Gewalt zum Leichengerüst. Der Spanier stolperte und fiel mit vor Entsetzen weit aufgerissenen Augen in der Nähe des Kopfes der Leiche auf den Boden. Eine blitzschnelle Bewegung war zu sehen. Wie die Marionette an einer Schnur drehte sich der Kopf des Toten zur Seite, und die erloschenen Augen schienen den am Boden liegenden Mann zu fixieren. Und plötzlich schoss eine Flut aus dem geöffneten Mund der Leiche. Ein Geräusch wie das Herabfallen einer reifen Frucht vom Baume war zu hören. Alle sahen das Leintuch an, auf das die schwärzliche Flüssigkeit geronnen war. Niemand bemerkte darum den neben der Leiche im Kellergewölbe wachehaltenden Soldaten, der mit einer blitzschnellen Bewegung den Knauf seines Schwertes wieder an Ort und Stelle brachte. Außer Brunelleschi, der so etwas ähnliches erwartet und der den Wächter der Gemeinde sehr sowohl dabei beobachtet hatte, wie er zuerst mit dem Heft des Schwertes, das an seinem Wehrgehänge hing, dem Kopf des Toten einen Schlag versetzt und gleich darauf wieder in seine martialische Bewegungslosigkeit verfallen war.

Mit versteinert wirkendem Lächeln gab der Gonfaloniere dem Notar das Zeichen, sich dem Leichengerüst zu nähern. Der Notar näherte sich dem Toten und bückte sich, um das Leintuch zu inspizieren.

»Kein Zweifel«, sagte er. »Das hier ist Blut«.

»Nehmt das zu Protokoll«, sagte der Gonfaloniere.

Der Notar holte Tintenfaß und Griffel aus seinem Beutel und fing fieberhaft in seine Kladde zu schreiben an.

Hinter dem Leichengerüst tauchte wie aus dem Nichts mit verstörtem Blick Masaccio auf. Sein Erscheinen wurde von tiefen Flötentönen und Lautenmusik begleitet.

»Gott sieht dich!«, rief der falsche Geistliche. »Gestehe! Du setzt dein Seelenheil aufs Spiel! Gestehe deine Sünde!«

Der spanische Soldat erhob sich auf die Knie, dann fiel er wieder in sich zusammen und streckte seine Hände aus, als wolle er sich vor dem Toten schützen, dann fing er wieder hemmungslos zu schluchzen an.

»Verehrter Notar, nehmt dieses Gejammer und alle anderen Äußerungen des Schuldigen zu Protokoll«, ertönte die tiefe Stimme des Gonfaloniere. »Sein Geheule und sein Gebaren kommen einem Geständnis gleich.«

Kapitel XVI

Toscanelli nahm jene nachdenkliche Haltung ein, die seine Freunde von ihm kannten, wenn er sein Gehirn mehr als gewöhnlich arbeiten ließ.

»Diese Angelegenheit ist weniger banal und eurer Kunst weniger fremd, als es auf den ersten Blick erscheinen mag.«

Die Freunde feierten im Hause des Mathematikers die glückliche Lösung des Falles, den das Volk nun in ‚das Verbrechen des *Peposo'* umgetauft hatte. Diese Bezeichnung war außerdem viel passender und weniger gegen den Verstand als ‚das Verbrechen der Bäckershexe', wie ihn das Volk zuvor genannt hatte. Trotz der Schwere der Anklage, aber in Anbetracht der Untreue, der nicht nur der Bäcker, sondern auch der spanische Söldner zum Opfer gefallen war, konnte letzterer der Folter entgehen. Doch Brunelleschi war der Meinung, dass seine Verurteilung zu einer Gefängnisstrafe – zwar lebenslänglich, doch bestand die Möglichkeit, dass die Stadtverwaltung nach Belieben die Strafe in eine Verbannung umwandelte – unangemessen und viel zu milde war, wenn man bedachte, dass der schlaue Soldat mit der Ermordung des Bäckers den Plan verfolgte, von vornherein Viola und Valdemaro zu Opfern zu machen: Sie, weil sie eine Hexe war, und ihn, weil er den Auftrag zum Mord erteilt hatte. Hier hatte man es also mit einem dreifachen Verbrechen zu tun, doch dem hatten die Richter keine Rechnung getragen.

»Was heisst der Kunst nicht fremd?«, fragte der Bildhauer Donatello.

»In dem Sinne, dass es Filippo mit Hilfe seiner für ihn als Künstler so typischen Intuition gelungen ist, die Metaphysik der Untersuchung in den Bereich der Wissenschaft und des Bewusstseins zu rücken.«

»Metaphysik der Untersuchung?«, Masaccio wirkte skeptisch.

»Warum Metaphysik?«

»Weil jede Untersuchung sich auf etwas bezieht, was in der Vergangenheit liegt und darum konkret nicht mehr sichtbar ist, in *rerum naturae* nicht mehr exsistiert. Doch im Gegensatz zum kirchlichen Inquisitor, über dem die Patsche der Metaphysik zugeklappt ist, hat Brunelleschi zuallererst den Leichnam untersucht. Durch die Untersuchung über Ort und Intensität der Schwellungen der roten Flecken auf der Haut des Leichnams musste er unweigerlich an eine Wärmequelle denken. Als er dann den Tatort besichtigt und die Einhöhlung des Oberofens entdeckt hatte, hat er bei der Betrachtung der Flecken und des Ortes und der Intensität ihres Auftretens die Regeln der Perspektive angewandt. Auf diese Weise hat er, so wie man in der Malerei zum Fluchtpunkt findet, zur Feuerstelle gefunden und erkannt, dass es nur der Ofen gewesen sein konnte. So fand er heraus, dass irgendjemand den Körper des Bäckers in den Oberofen gesteckt haben musste. Damit konnte er die Schuld seines Vorarbeiters Valdemaro ausschließen, der es aufgrund seiner Größe gar nicht nötig gehabt hätte, auf einen Hocker zu klettern, um an den Oberofen zu gelangen, in den man das Opfer gesteckt hatte. Valdemaro hätte auch so die Sache bequem erledigen können, ohne dabei den Hocker umzustoßen und Spuren im Mehl auf dem Tisch zu hinterlassen, die nur von den Füßen des Bäckers stammen konnten, während er hochgehoben wurde.«

»Ich verstehe nicht, warum all dieser Aufwand getrieben worden ist«, sagte Donatello und sah dabei auf seine drahtigen, stählernen Hände, die mühelos eine Eisenstange hätten durchbiegen können. »Um einen Menschen zu ersticken, reichen doch die bloßen Hände aus.«

»Nicht nur in dieser Hinsicht, sondern auch im Bezug auf andere Frage, welche dieser Fall aufgeworfen hat, war es nur der Intuition und

Fantasie des Künstlers zu verdanken, dass eine Antwort darauf gefunden wurde. Nicht wahr Filippo?«

Brunelleschi nickte.

»Ziel des Spaniers war nicht die Ermordung des Bäcker, sondern er wollte für Viola den Scheiterhaufen und für Valdemaro die Folter der *Propaggine*. Um die Theorie der Hexerei glaubwürdig erscheinen zu lassen, durften am Körper des Ermordeten keinerlei Zeichen äußerer Gewalteinwirkung sichtbar sein, wie dies bei einer Erdrosselung jedoch der Fall gewesen wäre.«

»Trotzdem wird es nicht ganz ohne Gewalteinwirkung gegangen sein«, bemerkte der junge Masaccio. »Denn Giovanni Lascialfari hatte sich bestimmt nicht freiwillig in das Loch über dem Ofen gelegt.«

»Der Söldner wusste nur zu gut, dass der Bäcker sich die Langeweile mit einer Flasche Wein vertrieb, während er darauf wartete, dass das Brot aufging, bevor er es in den Ofen schob. Er hat also den Moment abgewartet, in dem der Bäcker benommen war, ihn dann gepackt, auf seine Schultern gehievt, ihn auf den Tisch gezogen und ihn von dort aus mit Hilfe des Hockers in den Oberofen gesteckt. Der Mangel an Sauerstoff und die Hitze haben sogleich jeglichen Überlebenstrieb im Keim erstickt«, sagte Brunelleschi.

»Noch etwas ist mir nicht ganz klar«, sagte Masaccio. »Warum fand Valdemaro den Körper auf dem Boden der Bäckerei und nicht im Oberofen?«

»Ja richtig«, sagte Brunelleschi. »Selbst ich hätte fast den Fall abgegeben, weil ich auf diese Frage keine Antwort fand«.

Kapitel XVI

Die Sonne war noch nicht aufgegangen und die Schatten des Baptisteriums, der Kuppel und Giottos Glockenturms waren noch in die letzten blauen Dunstschwaden der Nacht gehüllt, als Valdemaro Brunelleschi begrüßte, der wie immer am frühen Morgen vor Ankunft der meisten Arbeiter auf dem Weg in das Innere des Domes war. Valdemaro hielt die Zügel eines Pferdes, das einen Karren voller wertlosen Hausrates zog, den die Armen bei einem Umzug für gewöhnlich wie den Fortsatz ihres eigenen Körpers mit sich schleppen. In der Frau, die in ihren Schaal gehüllt inmitten des Gerümpels saß und versuchte, sich das Gesicht zu bedecken, glaubte Brunelleschi Viola zu erkennen.

Valdemaro war auf dem Weg in ein Dorf in der Nähe von Siena, in das man ihn zur Errichtung einer Ziegelbrennerei gerufen hatte.

»Ich weiss gar nicht, wie ich euch danken soll, Maestro«, sagte Valdemaro.

»Bedanke dich bei deinem Glück«, antwortete Brunelleschi mit gewollt strenger Miene. »Du selbst hast dir den Strick um den Hals gelegt.«

»Ich? Wie das?«

»Weil du mir verschwiegen hast, dass du, nachdem du die Backstube betreten und gesehen hattest, dass das Brot noch ungebacken dalag, zuerst den Topf mit dem *Peposo* aus dem Ofen gezogen und es auf den Tisch gestellt hast, und dann in den Oberofen gesehen hast, um nach einem übriggeblieben Laib Brot zu suchen, der dort warmgehalten worden war. Stattdessen hast du dort den toten Bäcker gefunden. Du hast ihn auf den Boden gelegt und versucht, ihn wiederzubeleben, nicht wahr?«

»Ich ... ja, Maestro. Ich habe das vor euch verheimlicht, weil die Situation so seltsam war, dass ich befürchtete, ihr würdet mir nicht glauben, versteht ihr? Es tut mir leid, dass ich euch verlassen muss, obwohl Euer Werk noch nicht vollendet ist.«

»Ziehe getrost deines Weges«, sagte Brunelleschi und tätschelte Valdemaro freundschaftlich auf die Wange. »Ich habe dich bereits durch einen anderen Vorarbeiter ersetzt. Und zu den festgelegten Tagen werden deine Kameraden auch weiterhin ihr *Peposo* verzehren können.«

Vor allem die Geschichte mit dem *Peposo* schien Valdemaro zufrieden zu stimmen.

»Und wo werden sie es kochen?«

»Ich habe im Rundweg im Inneren der Kuppel einen Ofen errichten lassen«, lächelte Brunelleschi. »Wer weiss, wie viele Kunstwissenschafter sich in Zukunft den Kopf darüber zerbrechen werden, welchen Zweck wohl dieses Loch erfüllt.«

1 Leon Battista Alberti: *Über die Malkunst* Herausgegeben von Oskar Bätschmann und Sandra Gianfreda. Wissenschaftliche Buchgesellschaft (2002).

2 Dante Alighieri: *Die Göttliche Komödie*. Hölle. VI. Gesang, Vers 74.

3 Alte florentinische Münze.

4 Der *Prato* war der Ort, an dem es im mittelalterlichen Florenz und zur Zeit der Renaissance zur letzten Phase des Strafvollzuges, also zur Folter kam. Der *Prato* befand sich außerhalb der Stadtmauern, ungefähr dort, wo sich heute ein Platz befindet, der nicht umsonst den Namen von Cesare Beccaria trägt. (Cesare Beccaria war einer der erste in Europa, der sich in seinem berühmten Werk *Dei delitti e delle pene* gegen Folter und Todesstrafe aussprach Anm. des Übersetzers.) Am *Bargello* fand sich für gewöhnlich ein Menschenmenge zusammen, die einen Zug bildete und den Verurteilten bis zum *Prato* begleitete. Wurde dieser während des Marsches begnadigt, schlug der Zug den Weg zum Stadtviertel *Borgo Allegri* ein und

drehte zum alten florentiner Gefängnis *Le Stinche* ab. Ansonsten zog er wie erwähnt die *Via De' Malcontenti* (die Strasse der Unglückseligen) entlang.

5 Tatsächlich erreichte Savonarola Florenz erst ein paar Jahrzehnte nach den fiktiven Begebenheiten in dieser Geschichte. Der Autor geht davon aus, dass andere Religiöse dem Mönch aus Ferrara in seiner Abneigung und seinem Widerwillen vorausgegangen sein müssen.

6 »*Guido, ich möchte, dass du und Lapo und ich* ...« Sonett von Dante Alighieri.

7 Dante Alighieri, *Die Göttliche Komödie.* Hölle, XVIII. Gesang, Vers 114,131-136.

8 Landsknecht. Bezeichnung des gewöhnlichen Söldners.

9 Das alte Gefängnis von Florenz, das sich dort befand, wo heute das Teatro Verdi steht.

10 *Proppaggine,* im alten Strafrecht der Republik Florenz Bestrafung der Meuchelmörder, die darin bestand, den Verurteilten mit dem Kopf nach unten in ein Erdloch zu stecken und ihn dann zuzuschütten. Der Verurteilte wurde also im wahrsten Sinne des Wortes wie ein Nagel »eingeschlagen und verlassen«, auf Toskanisch *piantato.* Einige sind der Ansicht, dass die toskanische Redewen-

dung *Piantare una persona* (einen Menschen verlassen), die schließlich im ganzen Lande Verwendung fand, das heißt, einen Verlobten oder Geliebten usw. verlassen, also seinem Schicksal zu überlassen, von dieser barbarischen Folter herrührt. Dante ließ sich von der *Propaggine* zu seiner Strafe, die er über die Ketzer in der Hölle verhängte (sie wurden in brennenden Gräbern bestattet), inspirieren: *Die Göttliche Komödie.* Hölle, IX. und X. Gesang.

11 Zwischen vier und fünf Uhr morgens.

12 Kopfbedeckung der wohlhabenden florentiner Gesellschaft um das Jahr Vierhundert n. Chr.

13 Überziehmantel aus dem vierten Jahrhundert, ohne Ärmel, knielang.

14 Gianni Schicchi de' Cavalcanti, berühmter florentinischer Fälscher, von Dante in *Die Göttliche Komödie,* Hölle, XXX. Gesang, Vers 32 - 44 erwähnt.

Brot und Peposo

Eros

Unwissenheit

Verstand

Agatha Christie meets John le Carré

Reginald Hill
Ins Leben zurückgerufen

ISBN 3-203-78011-9

Reginald Hill
Die dunkle Lady meint es ernst

ISBN 3-203-78012-7

Donna Leon meint in der »Sunday Times«:
»Wie nur schafft es Hill, einen Dalziel-Pascoe-Roman nach dem anderen zu schreiben und immer nur noch besser zu werden?
Wenige heutige Krimi-Autoren besitzen Hills Gaben: die Intelligenz, den flotten Humor, die Leidenschaft und einen Stil, der Eleganz mit Anmut verbindet.«

EUROPA
VERLAG

Heiße Stories von Bestsellerautoren

Polina Daschkowa
Nummer 5 hat keine Chance

ISBN 3-203-85213-6

Frances Fyfield
Mrs. Nan 's Rezept
Zwei mysteriöse Geschichten

ISBN 3-203-85211-X

EUROPA
VERLAG